玉響物語

乙女のための万葉集講義

福田玲子

国書刊行会

玉響物語　乙女のための万葉集講義

＊

目次

・「玉響の小筥」の歌は『新潮日本古典集成　萬葉集』から引用しました。
・歌番号は、国歌大観の番号を用いました。
・年齢は、数えで表示しました。
・現代語訳は、主に『新潮日本古典集成　萬葉集』を参考にしました。
『万葉集　全訳注原文付』『ビギナーズ・クラシックス　万葉集』『新版　万葉集　現代語訳付き』
を参照しました。

上記からの引用に著者による訳を加えました。

玉響物語

我が子達へ
そして世界の教え子たちへ

一　神の姫

山際《やまぎわ》にかかる横雲《よこぐも》はすでに夕暮れの暗さだったが、山頂の辺《あた》りは切れて、さらに上空には生まれたてのような白雲《しらくも》が浮かび、その端だけが金色の日輪《にちりん》の輝きをとどめていた。有馬《ありま》の山々から里を流れて、武庫《むこ》の浦《うら》へと注ぐ豊かな川の岸に揺《ゆ》れる葦原《あしはら》も、周囲に濠《ほり》を巡《めぐ》らした里の家々も、薄墨色《うすずみいろ》に沈《しず》んでいる。里から海岸へと階段状に下る水田には浅《あさ》緑色《みどりいろ》の苗が伸《の》び競《きそ》い、彼方《かなた》には白波《しらなみ》の騒《さわ》ぎ立《た》つ紺青《こんじょう》の海の果《は》てに、夕べの星が一つ、二つ、光り始めている。

「行ってみたいなあ……

あの山の向こうに。

あの頂《いただ》きからこの里や遠くの海を眺《なが》めたら、どんなに美しいことかしら」

菟原娘子《うないおとめ》は、掘《ほ》り立《た》て柱に支《ささ》えられた厚い屋根の影《かげ》が深々《ふかぶか》と差し込む戸口にたたずみ、有馬《ありま》の山並《やまな》みを眺《なが》めていた。

千数百年ほど昔、津《つ》の国のこの辺《あた》りの湿原には葦《あし》が豊かに茂っていた。人々は葦《あし》で屋根を葺《ふ》いた「葦の屋《あしや》」と呼ばれる家に住んでいた。

葦《あし》の屋《や》の里は有馬《ありま》の山々のふもとを流れる川に沿《そ》った平地にある。山々に抱《いだ》かれるように緩《ゆる》やかに傾斜したその土地に、人々は水を引き、田を作っていた。

菟原娘子《うないおとめ》は十七歳であった。

黒い艶《つや》やかな髪をゆったりと結《ゆ》い上《あ》げ、黄楊《つげ》の小さい櫛《くし》で押さえている。首筋は初々《ういうい》しく白い。薄闇《うすやみ》の中でも頬《ほほ》は照《て》り輝くように赤く、眉はくっきりと細い。ほっそりした手足の指先は、日毎《ひごと》にほんのりと薄紅色《うすべにいろ》を帯《お》び、肌は微《かす》かに光を放《はな》つほどに滑《なめ》らかになってきた。白い上着の袖《そで》と襞《ひだ》の付いた紅《あか》い裳《も》の裾《すそ》を、夕風がふくらませては揺《ゆ》らしている。

菟原娘子《うないおとめ》は、まだ里の外に出たことが無かった。

里の暮らしは楽しいし、里の人々は優しい。

でもこの頃、かすかに息の詰まる気がするのは、どうしてだろう。

遥《はる》かな山並《やまな》みを目で辿《たど》るうちに、菟原娘子《うないおとめ》の心は羽のように軽くなり、ふわりと浮かんで、山と空との境《さかい》に吸《す》い込《こ》まれていく気がした。

やわらかに重《かさ》なり合う有馬《ありま》の山並《やまな》みは、奥へ奥へと誘《さそ》うように続く。

菟原娘子《うないおとめ》はなぜか、懐《なつ》かしい気がした。

影絵《かげえ》のように黒ずんでいく山並《やまな》みを、名残惜《なごりお》し気《げ》に見やると、菟原娘子《うないおとめ》は家の奥に入った。

（暗くなったら、外には出ない）

菟原娘子《うないおとめ》は、固く心に決めていた。

夕暮れ時になると、田仕事を終えた里の若者達は、思い思いに若い娘のいる家の葦垣《あしがき》に立ち寄った。葦垣越《あしがきご》しに娘の姿を見ようとするだけの者もあったが、中にはそのまま娘の手を取り、若草の茂《しげ》みに誘《さそ》い込《こ》もうとする者もいた。

里長《さとおさ》の長女菟原娘子《うないおとめ》は、里でもとりわけ美しいと評判だった。

菟原娘子《うないおとめ》の家の葦垣《あしがき》には、この里ばかりでなく、評判を聞きつけた近隣の里の若者達までが、彼女の姿を一目見ようと、連日群《む》れをなすようになっていた。

けれど、菟原娘子《うないおとめ》は若者達が恐ろしかった。彼女は小さい頃から恥ずかしがり屋で、振《ふ》り分《わ》け髪が両肩に届くようになった八歳頃からは殊《こと》に家に閉じこもりがちになり、隣近所の家の人達にもあまり姿を見せなくなった。

十二歳の春を迎えた頃、菟原娘子《うないおとめ》は初めて髪をたくし上げ、大人の女のように結《ゆ》い上《あ》げた。

その日の朝、菟原娘子《うないおとめ》は真新《まあたら》しい白い上着と紅《あか》い裳《も》を身に着けた。背に長く垂《た》らしていた艶《つや》やかな髪を、母親はたっぷりと両手にすくい、器用に結《ゆ》ってくれた。そして黄楊《つげ》の小さな櫛《くし》を、結《ゆ》い上《あ》げたばかりの黒々とした髪に押さえ刺した。春のひんやりした空気が首筋に触れて、なんだか心細い。すると傍《かたわ》らに控《ひか》えていた伯父《おじ》が、徐《おもむろ》に近づいた。父の長兄である伯父《おじ》は神主《かんぬし》で、今日は正装を身に着けている。伯父《おじ》は真っ白い木綿《ゆう》を菟原娘子《うないおとめ》の髪に結《ゆ》い垂《た》らし、紅《あか》い裳《も》の腰紐《こしひも》を結《むす》んだ。

「ほう……」

生まれて初めて髪を結《ゆ》い上《あ》げ裳《も》を着けた菟原娘子《うないおとめ》の姿に、父親はため息まじりの声を漏《も》らした。

「おめでとう。きれいだよ」

菟原娘子《うないおとめ》が振り返ると、父親は目を細め少し寂しげに笑っていた。それを見ると、菟原《うない》娘子《おとめ》は急に恥ずかしくなって俯《うつむ》いた。

（私、大人になるんだ……）

その時まで彼女は、その意味を深く考えていなかったのだ。

その日、菟原娘子《うないおとめ》は伯父《おじ》の神主《かんぬし》に導《みちび》かれて、宮《みや》に行った。

宮《みや》は里の一番奥にあり、深い森を背《せ》にしていた。

その森は、太古《たいこ》から里人達《さとびと》が入ることを禁じられた聖域《せいいき》だった。

里人《さとびと》達が薪《たきぎ》や山菜を取りに山に上るためには、森を避けて川沿《ぞ》いの細い坂道を行かなければならない。

宮《みや》の前方は広場になっており、広場は里の集落に続いている。広場を囲むようにして、数十戸《すうじゅっこ》の大小さまざまな里人《さとびと》の家々が並んでいた。

里の真《ま》ん中《なか》には物見櫓《ものみやぐら》と幾つかの高い床《ゆか》のある穀倉《こくそう》があり、葦垣《あしがき》を巡《めぐ》らせた大きい里長《さとおさ》の家が建っていた。

神主《かんぬし》の家は、宮《みや》の隣にあった。

伯父《おじ》が菟原娘子《うないおとめ》の手を取って宮の正面の階《きざはし》を上らせた時、彼女は深く驚いた。

この階《きざはし》は、神主《かんぬし》以外は決して上ってはならないはずだった。

里人《さとびと》達はその前に設《もう》けられた拝所で参拝《さんぱい》するのが許されているだけだ。宮の社殿へと続く階《きざはし》は、菟原娘子《うないおとめ》の父の里長《さとおさ》でさえ、一度も上ったことは無かった。

階《きざはし》を上ると、社殿の中は思ったより狭い板敷《いたじき》だった。

素木《しらき》の床板《ゆかいた》は古びてはいるが、清々《すがすが》しく掃《は》き清められている。

木で作った台の両脇《りょうわき》には賢木《さかき》の小枝を挿《さ》した壺《つぼ》が置かれ、水を満たした壺《つぼ》、米と塩の皿が供《そな》えられている。

祭壇には御簾《みす》がかかり、その奥は扉が閉まっていて中を見ることはできなかった。

祭壇の前には、日なたの匂いのする新しい藁《わら》の床《とこ》が敷いてあった。神主《かんぬし》はそこに菟原《うない》娘子《おとめ》をひざまずかせると、

「目を閉じていなさい」

と厳《おごそ》かに言い、正面の扉を閉めた。暗くなった室内に、神主《かんぬし》の祝詞《のりと》が響《ひび》いた。

再び扉が開かれると、伯父《おじ》は菟原娘子《うないおとめ》を、宮の奥の森に連れて行った。

聖域《せいいき》の森に足を踏み入れると、
つめたい風の香りがした。

幾千年前から決して人々によって乱されることのなかった、冴《さ》え冴《ざ》えとした大気が立ち込めていた。

笹《ささ》や薊《あざみ》の葉の緑は触れれば手が染《そ》まるほどに色濃く、巨木《きょぼく》は身を捩《よ》じるように太い幹《みき》から高々と枝を差し上げ、樹と樹は空が見えないほど緻密《ちみつ》に枝を差《さ》し交《か》わしている。足元には木の根が、走りゆく動物のように烈《はげ》しく地を這《は》っていた。

小道をしばらく行くと、どっしりとした大きな岩があった。ふかふかとした苔《こけ》が岩を覆《おお》っている。

その大岩に守られるように、小さな泉が湧《わ》き出ていた。

丸い石で周りを丁寧《ていねい》に囲《かこ》み、泉の底にも白い石が敷《し》き詰《つ》められている。水面は、山々や空に浮かぶ雲の影《かげ》さえ映《うつ》るほど、静かに澄《す》んでいた。泉の周《まわ》りにはカタクリの花群《はなむら》の無数の小さな花々が、薄紫《うすむらさき》の星のような花びらを開いていた。

「お前は、神の姫になったのだよ」

伯父《おじ》が、さっきより少し和《やわ》らいだ声で菟原娘子《うないおとめ》に告げた。

「明日から毎朝この泉の水を汲《く》んで、神に供《そな》えなさい」

菟原娘子《うないおとめ》は泉の水を見た。

水面に、小さく盛《も》り上がっては崩《くず》れていく一所《ひとところ》がある。その辺《あた》りの水底《みなそこ》から、水は絶《た》えず湧《わ》き上がってくるらしい。

水面に小さな輪が生まれては、周《まわ》りに広がっていく。輪は次々に現れ、岸に届くとしずかに弧《こ》を描いて寄《よ》せ返《かえ》す。

幾重《いくえ》にも輪が広がり、寄せ返しては交差《こうさ》し、響《ひび》き合う。その響《ひび》きが聞こえてくるほどに、水は澄《す》み切《き》っていた。

泉の清らかさが、もう二度と戻ることのできない時を忘れさせてくれるような気がして、菟原娘子《うないおとめ》は、いつまでも見つめ続けていた。

次の日から、雨の降る日も熱のある日も、菟原娘子《うないおとめ》は欠かさずに白い上着と紅《あか》い裳《も》を着《つ》けて泉の水を汲《く》みに出かけた。

毎朝瓢《ひさご》で泉から水を汲《く》み上げ、細長い壺《つぼ》に注《そそ》ぎ、宮の階《きざはし》を上がって社殿の祭壇《さいだん》に供《そな》える。

不思議なことにその泉は、雪が降りかかっても凍ることなく、日照《ひで》り続きでも枯れることなく、いつも冷たい清らかな水をたたえていた。

時折、日が傾《かたむ》くのを待ちかねたように、里の女達が菟原娘子《うないおとめ》を訪《たず》ねて来る。そして病気で下痢《げり》の止まらない孫や、鍬《くわ》で足を傷つけてしまった夫のために、泉の水を分けて欲しいと頼む。

女達の話を聞くうちに、菟原娘子《うないおとめ》の心はいつも、しんと静まっていった。

そして、次第に彼女の心は、泉の水面のように透《す》き通《とお》った。

そのしずかな水面は、「お腹がいたい」と泣き叫んでいる女の子や、土に汚れた足から血を流している男の姿を、くっきりと映《うつ》し出した。

澄《す》んだ泉が雲の影《かげ》さえ映《うつ》すように、菟原娘子《うないおとめ》の心は人々の心の姿を、そのまま鏡のように映《うつ》し出した。

それは、ごく若い少女の、ほんの限られた透明《とうめい》な時間にだけ起こる、心の働きであった。

殻《から》を出たばかりの薄くて柔らかい蟬《せみ》の羽が、ほんのわずかな風にも震《ふる》えるように、まだ幼さの残る感じやすい透明《とうめい》な娘の心だけが、人々の心の姿を、鏡のように映《うつ》し出す。

幼い菟原娘子《うないおとめ》の心が羽化《うか》する蟬《せみ》のように初めて世界に開かれ、大人の社会や世間の人々に触《ふ》れるようになったのは、ちょうど八歳くらいの頃だった。

その頃、まだ薄く柔《やわ》らかかった菟原娘子《うないおとめ》の心は、世間《せけん》の人々の姿を痛いほど鮮明《せんめい》に映《うつ》し出した。ささやかな出来事やちょっとした言葉のかけらが強く心に映《うつ》り、その度《たび》に無数のひっかき傷のような痛みが心に残った。

菟原娘子《うないおとめ》は、次第に引《ひ》っ込《こ》み思案《じあん》になった。

他の娘達の心はやがて力強く硬い羽を伸ばして人々に立《た》ち混《ま》じっていけるようになったが、引《ひ》っ込《こ》みがちな彼女の心はいつまでも世間に染《そ》まることなく、薄く透明《とうめい》なままであった。

それで、他の娘にはすぐに消えてしまったその心の働きが、菟原娘子《うないおとめ》には後々まで残っていた。

神の姫として朝ごとに澄《す》んだ泉の水を汲《く》み上げるようになると、彼女の心はいよいよ透明《とうめい》になり、磨《みが》き上げられた鏡のようにくっきりと、人々の心の姿を映《うつ》し出すようになったのである。

菟原娘子《うないおとめ》の心には、病人達の苦しんでいる姿がくっきりと映《うつ》った。時には病人の痛みや傷口ばかりでなく、そこに潜《ひそ》んでいる恨《うら》みや憎しみなどまで映《うつ》ってしまうこともあった。

それらを見てしまうと、彼女の心のどこかが、ひそかに震《ふる》えるように痛み、放《ほう》っておくことができない気がした。

「すぐに行きましょう」

どんな時でも、菟原娘子《うないおとめ》は言わずにいられなかった。

菟原娘子《うないおとめ》は里の女達と一緒に宮《みや》に行き、神前で祈りを捧《ささ》げた。拝所に女達を待たせて一人で階《きざはし》を上り、その朝祭壇に供《そな》えた細長い壺《つぼ》を下《さ》げてきて、女達の持ってきた壺《つぼ》に泉の水を注《そそ》いだ。自分よりずっと年長の里の女達が、その時ばかりは恭《うやうや》しく泉の水を押し頂《いただ》き、菟原娘子《うないおとめ》に手を合わせて礼を言った。それが気恥《きは》ずかしくて菟原娘子《うないおとめ》は

「良くなりますように」

と言いながら、いつも消え入りそうな微笑を浮かべていた。


この辺《あた》りの水田には、籾先《もみさき》に芒《のげ》と呼ぶ尖《とが》った硬い毛が伸び、少し赤みを帯びた稲が作《お》られていた。海に面し山々の迫《せま》るこの里には、水田にできる土地はそれほど広くない。嵐が来れば有馬《ありま》の山々の水を集めた川は、暴《あば》れ川と化して洪水を引き起こす。日照《ひで》りが続けば田はたちまち干上《ひあ》がる。飢饉《ききん》は頻繁《ひんぱん》に起こった。


菟原娘子《うないおとめ》が神の姫となってから一年余り後のことだった。

幾日も日照りの続いた夏のある日、突然神主《かんぬし》の家に里の長老達が押し掛けてきた。

ちょうどその時、菟原娘子《うないおとめ》は神主《かんぬし》の家で、賢木《さかき》の枝に木綿《ゆう》を付けた玉串《たまぐし》を作っていた。

菟原娘子《うないおとめ》は長老達の中に、里長《さとおさ》の次兄を見つけた。里長《さとおさ》の次兄は長老達の総代《そうだい》で、里長《さとおさ》の家を訪《おとず》れる度《たび》に菟原娘子《うないおとめ》にも陽気に声をかけてくる、気《き》さくな男だった。


「おじ様」

菟原娘子《うないおとめ》は思わず笑いかけた。

だがその時、里長《さとおさ》の次兄は菟原娘子《うないおとめ》を見ると、さっと顔を歪《ゆが》め、頬《ほほ》を引《ひ》き攣《つ》らせた。

（いつものおじ様と、違う）

菟原娘子《うないおとめ》は冷《ひ》やりとした。

見回すと、長老達の顔は強張《こわば》り、眼は異様《いよう》にぎらついている。

神主《かんぬし》は彼らの表情を一目《ひとめ》見ると、急いで妻や子供達を家の外に出し、

「絶対に、中に入ってはいけない」

と告げた。

菟原娘子《うないおとめ》も、伯母《おば》や従姉妹《いとこ》達と一緒に神主《かんぬし》の家を出て、宮の傍《かたわ》らの大木《たいぼく》の陰《かげ》に座った。


暑い日だった。

枝の間から熱気を帯《お》びた強い日が差し込み、下草《したくさ》は乾ききって、ちくちく肌を刺した。

しばらくすると従弟《いとこ》の七歳になる男の子が、急に地面にごろりと横たわった。額《ひたい》に触ると、熱い。

「待っていて。泉の水を持ってきます」

菟原娘子《うないおとめ》はそう言うと、宮の方に駆《か》けだした。

拝所まで行って彼女は、

(何か壺《つぼ》を持ってこなければ)

と気が付いた。

(たしか、伯父《おじ》様の家の軒下《のきした》に、空《あ》いた壺《つぼ》があったはずだ)

彼女は壺《つぼ》を探しに神主《かんぬし》の家に戻った。

神主《かんぬし》の家の軒下《のきした》には、幾つかの壺《つぼ》が伏《ふ》せられていた。

菟原娘子《うないおとめ》が軒《のき》に近づくと、壁越《かべご》しに、勢《いきお》い込んだ男達の声が聞こえた。


「神主《かんぬし》様。もう三月《みつき》近く雨らしい雨が降らず、田は干上《ひあ》がって、地割《じわ》れしています」

「稲も萎《しお》れて、実が入りません。もうじき稲という稲はみんな枯れてしまいます」

「この酷《ひど》い暑さの中、食う物も減らし、年寄りや子供が、立て続けに死んでいます」

「もう待っていられません。今すぐに何とかしないと」

「雨乞《あまご》いだ。雨乞《あまご》いをしなければ、わしらはみんな死んでしまう」

「神主《かんぬし》様、すまん。どうか助けてください」

「……神主《かんぬし》様」

くぐもった里長《さとおさ》の次兄の声が、壁越《かべご》しに漏《も》れてきた。

「酷《むご》いことは承知《しょうち》です。だがこうなったら、姫を神に捧《ささ》げるしか、手立《てだ》てがないのではないでしょうか」

（え？）

菟原娘子《うないおとめ》は、思わず壁に耳を近づけた。

家の中は静まり返った。

「うむ。……致《いた》し方《かた》ないか」

聞き慣れた神主《かんぬし》の声だ。だが菟原娘子《うないおとめ》には、全然知らない人の声のように聞こえた。

「神主様《かんぬし》、この通りです」

「助けてください」

堰《せき》を切ったように長老達が口々に訴《うった》える。

すると、

「待ってくれ、みんな」

老人の声が、遠慮がちに聞こえてきた。

老人は、ぼそぼそと話した。聞き取りにくい声だったので、かえって男達は耳を澄ませているようだった。

「今の姫は、まことの姫だ。

わしらのために、いつも心から祈っていてくださる。

うちの孫娘はこの前、ひどい下《くだ》り腹《ばら》で、おまけに吐《は》き気《け》も強く何を食べても、もどしてしまった。見る見るうちにぐったりして、家の者はみんな、もう駄目《だめ》かと思ったものだが、姫に祈っていただいた水を飲んで、命を取《と》り留《と》めたのだ。

わしはこの年になるまで、幾人も神の姫を見てきた。

だが、泉の水で死にかけた病人が治ったなんて話は、これまで聞いたことがない。

この一年だけなら、木の根を齧《かじ》ってでも何とか凌《しの》げるかもしれない。

だが来年、その次の年、
今の姫がいなくなったら、この里は、いったいどうなると思うか？」

重い沈黙が流れた。

「そういえば……わしは鍬《すき》を左足にぐさりと突き刺して血が止まらなかったが、泉の水で洗ったら傷が治ったなあ」

「うちのやつはお産が辛《つら》くて泣きわめいていたが、泉の水を飲んだ途端《とたん》に気が静まり、無事《ぶじ》に子供が生まれた」

「女達は、泉の水が何にでも効《き》くと言っとるしなあ……。今の姫を捧《ささ》げたら、女達は何と言うだろう」

「ううむ。どうしたものか」

「日照りの後には嵐や長雨《ながあめ》だ。今年だけじゃない。来年だって再来年だって、この里は、ずっとそうだ」

「もう少しだけ、様子《ようす》をみてみようか」

人々の話は続いた。

菟原娘子《うないおとめ》はそっと壺《つぼ》を抱《かか》え上げ、宮《みや》に向かった。

宮《みや》は静かだった。

聖域《せいいき》の森の澄《す》んだ大気が、宮《みや》の辺《あた》りにまで流れ込んでいるようだった。

菟原娘子《うないおとめ》は宮の前で柏手《かしわで》を打ち、熱のある従弟《いとこ》を思い浮かべて

「良くなりますように」

と頭を下げた。

（同じことなのかもしれない）

唐突《とうとつ》に、そんな思いが彼女の頭に閃《ひらめ》いた。

まだ十三歳だったが、菟原娘子《うないおとめ》は子供達が死んでいくのを見慣れていた。

昼間一緒に遊んだ女の子が、その夜高熱を出して死んでしまったこともあった。

川に溺《おぼ》れて死んだ男の子もいた。

この里では、兄弟全員が大人になることは、ほとんど無い。どこの家にも、死んでしまった幾人かの子供達がいた。

だから彼女には、自分の運命が、それほど特別なものとは思えなかった。

（私はいつも、良くなりますように、と祈っている。

みんなが良くなるなら……

でも……ささげるって、なに？）

前の姫は、病《やまい》で死んだ。それからしばらくして、里長《さとおさ》の長女である菟原娘子《うないおとめ》が神の姫になった。彼女はそれを不思議とも思わなかった。

(でも、その前の姫は?)

菟原娘子《うないおとめ》は、必死に記憶を探《さぐ》った。

(そういえば、ずっと昔、白い上着と紅《あか》い裳《も》を着た綺麗《きれい》なお姉さんを見た気がする)

いつのことだったろうか。

神主の家に遊びに行ったら、お姉さんがいて一緒に小石を弾いて少しだけ遊んでくれた。いつの間にかお姉さんが里から消え、前の神の姫になった。あのお姉さんは、どこに行ってしまったのだろう。


(いや、もっと何か、忘れていることがある)

かすかに残る、きらきら光る水面の記憶。

四歳か、五歳ぐらいの頃だったろうか。

菟原娘子《うないおとめ》は、ふいに意識を喪《うしな》ったことがあった。

気がついたら、どこかの水辺《みずべ》に立っていた。

神主《かんぬし》の伯父《おじ》と父が、ようやく自分を見つけたらしい。

菟原娘子《うないおとめ》は、伯父《おじ》と父に笑いかけた。

伯父《おじ》と父の、驚いて目を見張《みは》った顔を、菟原娘子《うないおとめ》は今、はっきりと思い出した。

(……あのきらきら光る水面は、泉だったのではないかしら)

二日《ふつか》二晩《ふたばん》、行方《ゆくえ》が知れなかった菟原娘子《うないおとめ》を神主《かんぬし》と里長《さとおさ》が探《さが》し当《あ》てると、彼女は枝々から差《さ》し込《こ》んでくる光と、水面を反射する光とが、幾重《いくえ》にも交錯《こうさく》する中で、光に包《つつ》まれて笑っていた。

その時、菟原娘子《うないおとめ》は、神に選ばれたのであった。


待っている従弟《いとこ》のために泉の水を壺《つぼ》に注《そそ》ごうとするのに、手ががたがた震《ふる》えて、水をうまく注《そそ》げない。

掌《てのひら》にこぼれた泉の水は、この暑さの中を長い間神前《しんぜん》に供《そな》えていたというのに、今汲《く》んだばかりのように、ひんやりと冷たかった。

風が、菟原娘子《うないおとめ》を取《と》り囲《かこ》むようにざわめき、語りかけた。

神の姫。

それが神に捧《ささ》げられた姫を意味するのだと知っても、次第に菟原娘子《うないおとめ》は、それでもいいような気がしていた。

それからしばらく経《た》った、ある晩のことだ。

菟原娘子《うないおとめ》も父母も寝てしまった夜更《よふ》けに、近所の若い母親が慌《あわただ》しく里長《さとおさ》の家に来た。

子供が急にひきつけを起こして、泉の水が欲しいのだという。

「本当にすみません、こんなに夜遅く起こしてしまって」

涙声《なみだごえ》で繰《く》り返《かえ》す若い母親に、

「いいんです、急ぎましょう」

菟原娘子《うないおとめ》は手早《てばや》く身支度《みじたく》をして家を出た。

だが、戸口《とぐち》で一生懸命自分に手を合わせている若い母親の目を見た瞬間、菟原娘子《うないおとめ》は、ぎょっとして立ちすくんだ。

子供を守ろうと必死の、思《おも》い詰《つ》めたその表情を、彼女はその時、怖《こわ》い、と感じた。

（どうしてだろう……）

若い母親と一緒に夜道《よみち》を早足《はやあし》で辿《たど》りながら、菟原娘子《うないおとめ》は考えた。

（普段《ふだん》の、にこにこしているおばさんとは、まるで違う表情。

どこかで見たことがある気がする……）

（そうだ）

菟原娘子《うないおとめ》は気づいた。あの日の長老達と同じだ。

何かを守ろうと必死に強張《こわば》った表情と、憑《つ》かれたように硬《かた》い眼。

宮に着くと、若い母親のかざす松明《たいまつ》を頼りに菟原娘子《うないおとめ》は階《きざはし》を上り、彼女の差し出す壺《つぼ》に泉の水を注《そそ》いだ。

だが、細長い壺《つぼ》を握《にぎ》り締《し》めて泉の水を注《そそ》ぎながらも、暗《くら》がりの中で手の震《ふる》えが止まらない。

心の奥底で、菟原娘子《うないおとめ》は人々に脅《おび》えていた。


いつも菟原娘子《うないおとめ》は、泉の水を欲しいという里の女達の話を聞くと、心のどこかが震《ふる》え、ひっかき傷のような痛みが残った。

自分でも気づかないほど深い心の底で、里の女達の必死に頼む表情に、脅《おび》えていた。

でも、菟原娘子《うないおとめ》は、里の女達が好きだった。

里の女達は、里長《さとおさ》に初めての女の子が生まれた時から、大喜びであれこれと赤ん坊の菟原娘子《うないおとめ》の世話《せわ》を焼き、可愛《かわい》がってくれた。

菟原娘子《うないおとめ》は、自分が汲《く》む泉の水を、里の女達が喜んでくれるのが、嬉《うれ》しかった。

里の人達の役に立っていると思うと、自分が少し、大人になった気がした。

菟原娘子《うないおとめ》は、薄く柔らかい心を削《けず》るようにして泉の水を里の人々に差し出し、それ以外の時には、なるべく家に閉じこもるようになった。

なかなか見られない菟原娘子《うないおとめ》の評判はますます高まり、若者達は一層彼女の家の葦垣《あしがき》に押《お》し掛《か》けることになった。


その中でも、一番菟原娘子《うないおとめ》に恋い焦《こ》がれていたのが、菟原壮士《うないおとこ》だった。

菟原壮士《うないおとこ》は里の若者達の中でもひときわ大きい筋肉質の体格で、太刀《たち》の名手だった。

見事に焼き上げられた自慢の太刀を懸《か》け佩《は》き、白檀《しらまゆみ》で作った弓を持ち、矢を入れた靫《ゆき》を背負っていた。

黒々とした太い髪は左右に分け両耳の辺《あた》りで丸く巻いて角髪《みずら》に結《ゆ》い、筒袖《つつそで》の上着に、裾《すそ》を括《くく》った袴《はかま》を履《は》いている。

濃い眉と明るい大きな目の、凛々《りり》しい里一番の壮士《おとこ》であった。

その勇ましさは近隣の里にまで知れ渡り、その上快活《かいかつ》で面倒見《めんどうみ》が良かったので、里中の若者達に慕《した》われていた。

菟原壮士《うないおとこ》の父親は、里長《さとおさ》の次兄である。

里長《さとおさ》の次兄は、神主《かんぬし》や里長《さとおさ》とは異母兄弟だった。神主《かんぬし》や里長《さとおさ》の母と、里長《さとおさ》の次兄の母とは姉妹である。先代の里長《さとおさ》の妻となり長男を産んだばかりの姉を手伝っていて、妹は子を身ごもった。それが里長《さとおさ》の次兄、菟原壮士《うないおとこ》の父親だった。

菟原壮士《うないおとこ》の父親は朗《ほが》らかな男だった。里の面倒な仕事に関わるよりも里人《さとびと》達と愉快に過ごすことを好み、先代の里長《さとおさ》から広い田を譲《ゆず》られて、長老達の総代《そうだい》として神主《かんぬし》や里長《さとおさ》を支《ささ》えていた。

だが彼の妻である菟原壮士《うないおとこ》の母親は、夫が神主《かんぬし》や里長《さとおさ》に比べて、報《むく》われていない気がしてならなかった。それで息子の菟原壮士《うないおとこ》を、誰にも負けないほど立派に育て上げてみせようとした。

彼女は息子がまだ幼い頃から足繁《あししげ》く神主《かんぬし》や里長《さとおさ》のもとに通わせて教えを受けさせ、武芸を磨《みが》かせた。太刀《たち》も弓矢も装束《しょうぞく》も、手を尽《つ》くして立派な品を揃《そろ》え身に付けさせせた。菟原《うない》壮士《おとこ》は神主《かんぬし》にも里長《さとおさ》にも、息子のように可愛がられた。

次に菟原壮士《うないおとこ》の母親は、菟原娘子《うないおとめ》の母親とも親しくなろうと努《つと》めた。

菟原娘子《うないおとめ》が神の姫になってからというもの、里の女達の間では、彼女の汲《く》む泉の水がいろいろな病気や災《わざわ》いに効《き》いたという噂《うわさ》が絶えなかった。嵐や日照りで死者が出た年もあったが、その度《たび》に里人《さとびと》達は、神の姫の不思議な力を信じて乗り切ってきた。

菟原壮士《うないおとこ》の母親は、ひそかに思っていた。

神主《かんぬし》と里長《さとおさ》に特別に頼んで、菟原娘子《うないおとめ》を菟原壮士《うないおとこ》の妻に迎えられないだろうか。近隣の里にも美人と評判の高い神の姫を妻にしたら、きっと菟原壮士《うないおとこ》は里の人々に実力を認められるだろう。

里長《さとおさ》の息子も神主《かんぬし》の息子も、まだ幼い。

菟原娘子《うないおとめ》と結婚すれば、菟原壮士《うないおとこ》は将来、里長《さとおさ》にもなれるかもしれない。

菟原娘子《うないおとめ》の母親にとって、それは願ってもない話だった。

聖域の森について女達は何も知らされていなかったが、自分の大切な娘が何か恐ろしい運命を荷《にな》っていることを、彼女は気づいていた。

毎朝娘が身支度《みじたく》を調《ととの》えて泉の水を汲《く》みに出かけると、彼女は必ず家の一隅《いちぐう》に斎瓮《いわいべ》という聖なる甕《かめ》を埋《う》め据《す》え、木綿《ゆう》たすきを懸《か》け、竹の玉飾りを垂《た》らして、気もふれんばかりに一心に祈りを捧《ささ》げていた。

菟原壮士《うないおとこ》の母親の話を聞いて、彼女は目の前が開けた思いがした。

それまで彼女は、自分のまだ小さい息子が、当然、里長《さとおさ》の跡を継ぐものだと思っていた。だが今は何よりも、菟原娘子《うないおとめ》を救いたかった。菟原壮士《うないおとこ》は良い若者だ。きっと立派な里長《さとおさ》になり、菟原娘子《うないおとめ》を幸せにしてくれるだろう。菟原娘子《うないおとめ》の母親にとって、それは何よりも願わしいことだった。

さっそく菟原娘子《うないおとめ》の母親はその話を里長《さとおや》と神主《かんぬし》に伝え、頼みこんだ。

里長《さとおさ》は沈黙し、神主《かんぬし》は深く考え込んでいる様子だった。

菟原壮士《うないおとこ》は、少年の頃から里長《さとおさ》の姿を見て育った。

里長《さとおさ》の家には、いつも客が来ていた。長老達が訪れて米の出来具合や畦《あぜ》の修繕《しゅうぜん》について話し合ったり、里人《さとびと》達が揉《も》め事《ごと》の仲裁《ちゅうさい》を頼んできたり、ひっきりなしに様々なことが里長《さとおさ》の家に持ち込まれた。

里長はそれらを見事に捌《さば》いた。

小さい事は必要に応じて里人《さとびと》達に振り分け、大きい事は神主《かんぬし》や長老達を呼んで相談する。常に里全体のことを考えて判断し、一度決めた事は誰が反対しようと、必ずやり抜いた。

菟原壮士《うないおとこ》は里長《さとおさ》を誰よりも尊敬し、自分も里のために力を尽《つ》くしたいと思った。

彼は里の少年達を率《ひき》いて畦《あぜ》や濠《ほり》を見回り、里長《さとおさ》に報告した。少年達の報告は役に立ち、里長《さとおさ》は菟原壮士《うないおとこ》を頼もしく思った。

菟原壮士《うないおとこ》は母の望みどおり、武勇に優れた少年に成長した。

しかしまた、菟原壮士《うないおとこ》は父から朗《ほが》らかな心を受け継いでいた。

母のひそかな願いなど、考えたこともなかった。

彼はただ、菟原娘子《うないおとめ》が大好きだった。


昔、里長《さとおさ》の家に行くと、まだほんの小さい女の子だった菟原娘子《うないおとめ》が、丸い大きな瞳を輝かせ、ふわふわした髪を額に垂《た》らし、ちいさな足で一生懸命こちらの方に歩いてきた。その頃から菟原壮士《うないおとこ》は、彼女が可愛くてしかたがなかった。

菟原娘子《うないおとめ》が里の子供達にからかわれていると、菟原壮士《うないおとこ》は子供達を追い払った。「お兄様、有難う」と、菟原娘子《うないおとめ》が恥ずかしそうに自分を見上げて言うのが、嬉《うれ》しかった。

ある日、菟原娘子《うないおとめ》は木陰《こかげ》で手毬《てまり》を作っていた。

母親にもらった余り糸を入れた竹籠《たけかご》を膝《ひざ》に乗せている。くず布を丸めて芯《しん》にして、赤や青や白や、色とりどりの糸をかがっている。少し口を尖《とが》らせ、真剣な表情で菟原娘子《うないおとめ》は指を動かしていた。豊かな頬《ほほ》に振《ふ》り分《わ》け髪《がみ》がかかっている。

菟原娘子《うないおとめ》は菟原壮士《うないおとこ》に気づき、微笑《ほほえ》んだ。

その口元は、咲き始めた花びらのように赤みが差し、まぶしそうに少し細められた目は、やわらかな光をたたえていた。

仲良しの従妹《いとこ》が美しい少女だということに、菟原壮士《うないおとこ》は初めて気づいた。

その時から菟原壮士《うないおとこ》は、いつか菟原娘子《うないおとめ》を自分の妻にしたいと思っていた。

菟原娘子《うないおとめ》が神の姫になって三年目の、秋祭りのことだった。菟原娘子《うないおとめ》は、十五歳になっていた。

その年の稲の収穫《しゅうかく》は無事に終わり、王《きみ》にも米を収めることができた。

祭壇には新しい酒の壺や、野菜や大豆、小豆、木の実、昆布や鮑《あわび》など、山や海の恵みがいっぱいに盛られた幾つもの皿が、華《はな》やかに供《そな》えられている。

里人達《さとびと》を代表して里長《さとおさ》の次兄が、粟束《あわたば》と稲束《いなたば》を載《の》せた盆《ぼん》を捧《ささ》げ持ち、進み出た。

里長《さとおさ》がそれを受け取って、神前《しんぜん》に供《そな》えるのだ。そして神主《かんぬし》が、今年一年の感謝をこめた祝詞《のりと》を上げることになっている。

菟原娘子《うないおとめ》は太玉串《ふとたまぐし》を持ち、神主《かんぬし》に差し出すために控《ひか》えていた。

その時、たまたま目を伏《ふ》せていた菟原娘子《うないおとめ》は顔を上げ、前を見た。

里長《さとおさ》の次兄と目が合った。

里長《さとおさ》の次兄は、大役に緊張していた。頬《ほほ》を強張《こわば》らせてじっと前方を睨《にら》んでいる。いつもの人懐《ひとなつ》っこい笑顔は消えていた。

菟原娘子《うないおとめ》の顔から、さっと血《ち》の気《け》が引いた。

二年前に神主《かんぬし》の家に押《お》し掛《か》けてきた日の里長《さとおさ》の次兄の、顔を歪《ゆが》め頬《ほほ》を引《ひ》き攣《つ》らせた表情が重なった。

「いやあっ……」

菟原娘子《うないおとめ》は悲鳴を上げると太玉串《ふとたまぐし》を取り落とし、その場に倒れこんだ。

とっさに飛び出して彼女を支えたのは、菟原壮士《うないおとこ》だった。

菟原壮士《うないおとこ》は気を失った菟原娘子《うないおとめ》を両腕に抱き上げ、そのまま物陰《ものかげ》に歩いていった。

後ろから菟原娘子《うないおとめ》の母親が、駆《か》け寄ってくる。

菟原壮士《うないおとこ》は母親に頷《うなず》くと、里長《さとおさ》の家の方向に歩みだした。

奇妙なことに、神主《かんぬし》も里長《さとおさ》も長老達も顔色一つ変えず、式はそのまま滞《とどこお》りなく進められていた。

年配の里人《さとびと》達にとって、代々の神の姫が時折こんな状態に陥《おちい》ることは、珍しいことではなかったのだ。

神の姫が時に「神がかり」になることがあっても、式には何の支障もない。

菟原娘子《うないおとめ》を抱いて宮を後にしながら、菟原壮士《うないおとこ》は激しい違和感《いわかん》を抱いていた。

里長《さとおさ》の家の床《とこ》に寝かされても、菟原娘子《うないおとめ》はうなされ続けていた。

「いやあっ……」

違う……

いつものおじ様じゃない……

ささげないで。

いやあっ……

私をささげないで……」

「叔母《おば》さんっ、ささげるって、何ですか?」

菟原壮士《うないおとこ》は叫んで、菟原娘子《うないおとめ》の母親を振り返った。

菟原娘子《うないおとめ》の母親はひどく辛《つら》そうに、顔をくしゃくしゃに歪《ゆが》めた。

「二年前から……この子はこうして、時々うなされるの」

「捧《ささ》げるって、何ですか? 菟原娘子《うないおとめ》は、何を言っているんですか?」

「神の姫は、いつか、神の妻になるの。

この子は、それを知らないはずなのだけど……」

異様な胸騒《むなさわ》ぎを感じて、菟原壮士《うないおとこ》は問い詰《つ》めた。

「神の妻って、それ、何のことですか?」

「神の姫は、やがて神の妻になり、森に入って行くの。

そしてそのまま一生、神の妻として暮らすの。

その先のことは、私達は、何も知らない……」

「叔母《おば》さんっ」
振り返ると、老女のように額に苦悩の皺《しわ》を刻《きざ》んだ叔母《おば》が、そこにいた。
「嫌《いや》だっ。
叔母《おば》さん、
この人は、私が妻にします！」
頷《うなず》く菟原娘子《うないおとめ》の母親の両目から、止めどなく涙が流れ落ちた。

「お前は、神の代《か》わりになれるか？」
長い沈黙《ちんもく》の後で、神主《かんぬし》はしずかに菟原壮士《うないおとこ》に問いかけた。
もう夜になっていた。遠くから太鼓《たいこ》の響《ひび》きと秋祭りのざわめきが聞こえる。
川縁《かわべり》には、神主《かんぬし》と菟原壮士《うないおとこ》のほかには、誰もいない。
里長《さとおさ》の家を走り出ると、菟原壮士《うないおとこ》はすぐに神主《かんぬし》の家に向かった。
秋祭りの式典が終わって、神主《かんぬし》の家では里人《さとびと》達が、神主《かんぬし》と盃《さかずき》を交《か》わそうと待ち構《かま》えていた。菟原壮士《うないおとこ》は血相《けっそう》を変えてそこに駆け込み、叫んだ。

「神主様《かんぬし》、お話があります」

神主《かんぬし》は、人の出入りの多い神主《かんぬし》の家を抜け出し、菟原壮士《うないおとこ》をこの川縁《かわべり》に連れ出したのだ。

ここならば、人目《ひとめ》につかずに話せる。

菟原壮士《うないおとこ》は、川縁《かわべり》に着いてからずっと、神主《かんぬし》に向かって「菟原娘子《うないおとめ》を神の妻にしないでください」「私の妻にしてください」と懸命に訴え続けていたのだ。

まだ正装を解いてもいない神主《かんぬし》は、暗い川面《かわも》を眺《なが》めながら言葉を継《つ》いだ。

「神の姫を妻にできるのは、神の代《か》わりになれる男だけだ。

神のように人を裁《さば》き、
神のように人を統《す》べる。

ただ一人で神の前に立ち、
すべてをただ一人で決めて、行《おこな》う。

神の怒りを一身に負い、
人々の憎しみ、恨《うら》み、妬《ねた》み、嘆《なげ》き、すべての悪《あ》しき心を一人で引き受ける。

里長《さとおさ》が今、やっていることだ。

お前に、それができるか？

神の代《か》わりとして、里長《さとおさ》になれるか？」

神主《かんぬし》は菟原壮士《うないおとこ》を振り返り、かすかに笑いかけた。

「昔、お前の父親は、真《ま》っ平《ぴら》だ、と言ったよ」

菟原壮士《うないおとこ》は息を呑《の》んだ。

神の代《か》わり
思いもつかぬ言葉だった。

でも、それでなければ、神の姫である菟原娘子《うないおとめ》は、やがて神の妻になってしまう。

「なれます」

菟原壮士《うないおとこ》は、きっぱりと答えた。

長年目をかけてきた甥《おい》を温かく見ながら、神主《かんぬし》は告げた。

「今のお前には、無理だ」

菟原壮士《うないおとこ》は、二十歳になったばかりだった。菟原壮士《うないおとこ》はなおも言《い》い募《つの》った。

「いつかきっと私は、神の代《か》わりとしてふさわしい男になります。

菟原娘子《うないおとめ》を、私の妻にしてください」
神主《かんぬし》は深い息を吐いた。
「お前はいつか、神の代《か》わりとしてふさわしい男になるだろう。
だがその日までには、日照りもあるだろうし、戦《いくさ》だって起こるかもしれない。
神に姫を捧《ささ》げなければならなくなる時も、あるいは来るかもしれない」
「私は一日も早く、里長《さとおさ》のようになります。
里長《さとおさ》のように賢く、強くなります。
それまで……それまで神主様《かんぬし》
どうか里のみんなの心をなだめ、神の姫を守ってください」
「いや……」
神主《かんぬし》は、苦《にが》みの混《ま》じった笑《え》みを洩《も》らした。
「それだけでは……どうにもならぬ事もあるのだよ。
賢く強い者は……脆《もろ》いのだ。
それだから私やお前の父親が、折り合いをつけているのだが……
まあ今は良い。

私も、出来る限りのことをするよ。

言うまでもない。

だが、それから先の事は、誰にもわからないのだ」

二人は黙って海へと流れゆく豊かな川の流れを見詰めていた。

二　宮作り

「新しい宮《みや》を作る」

菟原娘子《うないおとめ》が仄暗《ほの》い屋内に戻ると、素焼《すや》きの盃《さかずき》を傾けていた父親が、炉《ろ》を囲んだ一同の者達に宣言した。父親と共に酒を飲んでいるのは、年配《ねんぱい》の数人の男達だ。葦《あし》で葺《ふ》いた屋根の内側に、炉《ろ》の煙が燻《くすぶ》り渦巻《うずま》いている。炉火《ろび》は美しく燃《も》え盛《さか》り、香《こう》ばしい匂いが辺《あた》りに立ち籠《こ》めている。

「ほう……」

長老達はため息をついた。

「今の宮は、雨漏《あまも》りが酷《ひど》く棟《むね》も腐《くさ》りかけている。宮作りの費用も、十分倉《くら》に蓄《たくわ》えた。これからひと月ほどは雨が続く。それが明けたら、山人《やまびと》達を呼んで、宮を建てる」

（山人《やまびと》達……）

父の客達に酒壺《さかつぼ》を運んできた菟原娘子《うないおとめ》は、思わず手を止めた。

それは、山に群《む》れをなして住み、木の実や狩りをした獲物《えもの》を食べる人々だという。たまに竹や藤蔓《ふじづる》を編んで作った籠《かご》や箕《み》を持ってきて米や酒と交換することもあるが、普段は滅多《めった》に里には近づかない。獣《けもの》の皮をまとった長くて強い手足を持つ恐ろし気な人々だと、菟原娘子《うないおとめ》は聞いていた。

でも山人《やまびと》は、里の人々の持っていない不思議な技術を持っているらしい。里の人々の噂《うわさ》では、山人《やまびと》の中には宮殿や橋を赤く塗りあげる丹《に》を作る人々、漆《うるし》の樹液を採って、漆塗《うるしぬ》りの櫛《くし》や器《うつわ》を作る人々もいるという。あちこちの里で倉《くら》や宮《みや》を建てると聞けば、どこからともなく現れて木を運び建物を建て、終わればまた何処かに消えていく人々もいるそうだ。

（いつも眺《なが》めている山々の向こうから、もうすぐそんな人々が来る……）

そう思うと、菟原娘子《うないおとめ》は恐ろしくもあり、ほんの少し楽しみな気もした。

「山人《やまびと》の長《おさ》にはもう話をつけた。木も萱《かや》も運び、宮も建てるそうだ。秋の穫《と》り入れまでには完成させたい。それで、この里の若者たちも働かせようと思うが、どうだろう。そのほうが仕事もはかどるし、頼む山人《やまびと》の数も少なくて済む。だが、若者達に宮づくりの仕事をさせると、それだけ里の衆には、田仕事が大変になると思うのだが……」

そう言って父親が辺《あた》りを見回すと、傍《かたわ》らに座っていた里長《さとおさ》の次兄が、高らかに声を張り上げて答えた。

「いいでしょう、里長《さとおさ》。ちょうど田植えも終わったことだし。なあに草取りくらいなら、年寄りや女子供でもできます」

周りの者達も目を輝かせて頷《うなず》いている。

炉《ろ》の向こう側に座った老人が、喉仏《のどぼとけ》を上下させながら言った。

「新しい宮のためだ。わしらも精出《せいだ》しますよ」

単調な里の暮らしを続ける里人《さとびと》達にとって、里長《さとおさ》の話は心浮き立つものだった。

里人《さとびと》達は、自分達の住む家くらいなら、いつも共同で柱を掘《ほ》り立て屋根を葺《ふ》いている。だから里の男達は誰でも、その程度の技《わざ》なら心得《こころえ》ていた。

「若ければ、私が宮作りをやりたいくらいですよ」

「あの家を作ったときは、こうだった」「屋根を葺《ふ》くときのやり方は……」

酒も心地よく体に回り、里人《さとびと》達は口々に話しはじめた。その夜は更《ふ》けるまで、新しい宮作りの話で酒盛《さかも》りが続いた。

梅雨《つゆ》があけると、地鎮祭《じちんさい》が行われた。

新しい宮は、古い宮の隣に作る。

数日前から十数人の山人《やまびと》が里に入り、新しい宮の敷地《しきち》の薮《やぶ》を払い、木の根を引き抜き、石をどけて地均《じなら》しをしていた。

今朝は敷地《しきち》の四方に竹を立て、四隅《よすみ》に小さな砂山を築《きず》いている。

中央には、賢木《さかき》に白い木綿《ゆう》の幣《ぬさ》をつけた神籬《ひもろぎ》を立て、祭壇には酒や水、米を供《そな》えている。

傍《かたわ》らには、黒ずんだ古い宮がある。宮といっても、構造は穀物《こくもつ》を貯蔵《ちょぞう》しておく倉《くら》と、ほとんど変わらない。素木《しらき》の丸柱《まるばしら》を掘り建てて高床《たかゆか》を敷《し》き、高々《たかだか》と千木《ちぎ》を掲《かか》げ、切妻《きりづま》屋根に萱《かや》を葺《ふ》いた素朴《そぼく》な作りである。

「宮柱《みやばしら》　太敷《ふとし》きまして……」

神主《かんぬし》が祭壇の前で、みずみずしい緑の葉を茂らせた賢木《さかき》の枝に白木綿《しらゆう》の幣《ぬさ》を付けた太《ふと》玉串《たまぐし》を振りながら恭《うやうや》しく祝詞《のりと》をあげている。

日頃の神主《かんぬし》は、大の酒好きで話し好きだ。

里人《さとびと》が新しい酒を造《つく》って宮に供《そな》えると、すぐに他の里人達《さとびと》も集めて酒盛《さかも》りを始める。

里人達《さとびと》が酔った勢いで、

「お供《そな》えした酒をあんなに早く下《さ》げてしまって、神様はちゃんとお飲みになれたんですか？」

と神主《かんぬし》をからかっても、神主《かんぬし》は
「良い良い」

と上機嫌に飲んでいる。菟原娘子《うないおとめ》のことが取り分けお気に入りで、菟原娘子《うないおとめ》が酒を注《つ》ぐと眼尻をさげて嬉《うれ》しがる。

だが今、姿勢を正して神前に立った神主《かんぬし》は、別人のように威厳《いげん》があった。

傍《かたわ》らの菟原娘子《うないおとめ》が太玉串《ふとたまぐし》を差し出しても、表情ひとつ変えずに受け取った。

神主《かんぬし》は里の人々の生死に、いつも関わっている。

弟のしっかり者の里長《さとおさ》は、里の実務を全て取り仕切っている。

だが里で赤ん坊が生まれたり誰かが亡くなったりすると、神主《かんぬし》はたとえ飲んだくれている最中であろうと、里人《さとびと》達に引っ張り出された。

代々《だいだい》の神の姫をいつ捧《ささ》げるか、最終的に決断してきたのは神主《かんぬし》であり、その儀式《ぎしき》の詳細《しょうさい》を知っているのも神主《かんぬし》だけだった。

聖域《せいいき》の森に入り儀式に立ち合うのは、特別に許されたほんの少数の者だけだ。森は古くから「言わずの森」とされてきて、そこで見聞きしたことは、一切《いっさい》口に出すことが禁じられていた。

聖域《せいいき》の森で毎朝泉の水を汲《く》む菟原娘子《うないおとめ》だけが、知っていることがある。

その泉の先の森の奥には、どうやら何か水に関係するもの、滝壺《たきつぼ》か沼のようなものがあるらしい。

真冬でも時折《ときおり》神主は森の奥に入り、髪までぐっしょり濡《ぬ》らし白衣をまとって戻ってくる。濡《ぬ》れて白衣の張り付いた全身は、真っ赤に上気《じょうき》していた。長年にわたり重い責任を負うために、神主《かんぬし》は誰も知らない場所で禊《みそぎ》をし続けているらしかった。


ひとしきり祝詞《のりと》が終わると、神主《かんぬし》は敷地《しきち》の四隅《よすみ》に小さく切った麻《あさ》や米を撒《ま》いた。

そして鎌《かま》と鋤《すき》、鍬《くわ》を太玉串《ふとたまぐし》を揺《ゆ》すって祓《はら》い清めると、菟原娘子《うないおとめ》をひざまずかせ、鎌《かま》で敷地《しきち》の雑草《ざっそう》を刈る仕草《しぐさ》、鍬《くわ》で土を掘り起こす仕草《しぐさ》、鋤《すき》で土地を均《なら》す仕草《しぐさ》をした。

神主《かんぬし》は祭壇から、掌《てのひら》に載《の》るほどの小さくて平たい壺《つぼ》を取り上げた。

美しい円形で、壺《つぼ》の片端《かたはし》に頸《くび》が付いている。

しゃらん、という澄んだ音が、かすかに壺《つぼ》の中から聞こえた。

菟原娘子《うないおとめ》は昨日神主《かんぬし》が、水晶の透《す》き通《とお》った六角柱の結晶を数片、壺《つぼ》に入れていたことを思い出した。

美しい小さな壺《つぼ》は、捧《ささ》げ物として地中に埋《う》められ、上から土がかけられた。

土地の神は、こうして鎮《しず》められたのである。

広場には里中の人々が集まり、頭を下げている。

片隅《かたすみ》には、十数人の見慣れぬ男たちが控《ひか》えていた。麻布《あさぬの》をまとい肩先や腰の辺《あた》りに獣《けもの》の皮らしいものを引っ掛けている。背はそれほど高くないが手足が長い。赤銅色《しゃくどういろ》の筋肉の盛り上がった腕を組み、逞《たくま》しい両足で地を踏みしめている。腰には山刀《さんとう》を帯《お》びていた。

一人の若者の姿が、菟原娘子《うないおとめ》の目に留《と》まった。

仲間たちと同じように麻布《あさぬの》に身を包んでいるが、体付きがいかにも華奢《きゃしゃ》で背が高く、一人だけ細面《ほそおもて》で色が白い。髪は額を出して後ろで無造作《むぞうさ》に括《くく》っており、そのため顎《あご》の細さが目立つ。年の頃は菟原壮士《うないおとこ》より幾分か若く、まだ十八か、十九歳ほどであろうか。何か思案しているような広い額で、利《き》かぬ気そうに口元を固く引き結んでいる。そしてその切れ長《なが》の眼が、真《ま》っ直《す》ぐに菟原娘子《うないおとめ》を見つめていた。

（人里《ひとざと》離れた谷川のような眼）

その時何故《なぜ》そう感じたのか、菟原娘子《うないおとめ》にもわからない。

だが、誰も知らない深い水の色を、彼女は確かに見たような気がした。

菟原娘子《うないおとめ》は、吸い込まれるように若者に見入った。

傍《かたわ》らでもう一対《いっつい》の眼が、いまいましげに若者と菟原娘子《うないおとめ》を見比《みくら》べていた。

菟原壮士《うないおとこ》であった。

日頃なかなか外に出ない菟原娘子《うないおとめ》を、今日は心ゆくまで眺《なが》められると、楽しみに地鎮祭《じちんさい》に来た。それなのに、さっきから山人《やまびと》の若者が無遠慮《ぶえんりょ》に菟原娘子《うないおとめ》を見詰めている。あろうことか、菟原娘子《うないおとめ》まで若者を見返しているではないか。

儀式の時、菟原娘子《うないおとめ》はいつも神の姫としてきちんと前を向き、決して周りを見ることは無かったはずなのに。

菟原壮士《うないおとこ》は、嫌《いや》な予感がした。ちろちろと腸《はらわた》を火に焙《あぶ》られるような気がした。

「あれは、茅渟《ちぬ》で拾った捨て子です。わたくしが育てました」

蕪菜《かぶらな》と蛤《はまぐり》の煮物や焼いた干《ほ》し鮎《あゆ》の皿を運ぶ菟原娘子《うないおとめ》の耳に、山長《やまおさ》の低い声が聞こえた。

かすかに里では聞きなれない響《ひび》きが混《ま》じっている。

その夜里長《さとおさ》の家で、里の長老達と山長《やまおさ》が酒を酌《く》み交《か》わしていた。

五十がらみのその老人は、それほど大柄《おおがら》ではない。白髪まじりではあったが筋骨《きんこつ》は衰《おとろ》えていないようで、里長《さとおさ》の家で人々に取り囲まれても気後《きおく》れする様子も無く、端然《たんぜん》と盃《さかずき》を手にしていた。

どうやら里長《さとおさ》の眼にも、今日の山人《やまびと》の若者の姿が止まったらしい。里長《さとおさ》は自ら老人の盃《さかずき》に酒を注《つ》ぎながら、何気《なにげ》なく若者について尋《たず》ねたのだった。

一座《いちざ》の人々は、互《たが》いに顔を見合わせた。茅渟《ちぬ》、という地名はこの里の人々にまで、ある不思議な響《ひび》きで伝わっていた。

その頃淀川《よどがわ》と大和川《やまとがわ》が流れ込む河内《かわち》平野には、大きな湖があった。

その湖の南岸の湿原にある茅渟《ちぬ》には、遥《はる》かな異国から海を越え瀬戸《せと》内海《ないかい》の島々を伝って渡って来た人々が、大勢住みついていた。

葦《あし》の屋《や》の里の人々も、噂《うわさ》に聞いたことがある。

その異国の人達は、見たこともない硬くて美しい陶器《とうき》や鉄器を作り、珍しい馬を飼《か》い、不思議な言葉を話すという。

海の果てから来た人々の住む、茅渟《ちぬ》という土地。

今まで里から出たことの無かった菟原娘子《うないおとめ》の心に、その土地の名が留《と》まった。

里長《さとおさ》も、興味深そうに盃《さかずき》を持つ手を止めた。

「茅渟《ちぬ》、ですか。それではあの若者は……」

「わたくしがあれに出会ったのは、もう十七年も前のことです。あれは、茅渟《ちぬ》の浜辺の荒れ野で一人泣いていました。何を聞いても泣くばかりで、周りには誰もいませんでした。その他のことは、わたくしは何も知りません」

里長《さとおさ》は頷《うなず》いて、老人に聞いた。

「あの若者は身丈《みたけ》はあるようだが、あんなに細くて、山人《やまびと》が務《つと》まるものですかな?」

長年里長《さとおさ》として様々な若者を見続けた菟原娘子《うないおとめ》の父親は、若者を見ると、つい見どころがあるかどうかが気になるらしい。

「あれは体はまだ細くても、誰よりも速く山を駆けます。誰よりも正確に弓を射ます。それに……山人《やまびと》は、体だけでは、駄目なのです」

老人が静かに里長《さとおさ》に答えた。血は繋《つな》がっていないのに、老人のたたずまいは、どこか今日の若者を思い起こさせた。

「里の方々の注文によって、どの木を伐《き》り、どうやって切り出し運ぶかを決めます。木を切るのにも倒れる方向を見定《みさだ》めないと、仲間に大怪我《おおけが》をさせてしまいます。猪《いのしし》や鹿《しか》を捕《と》らえるにも、その日の天候を見極《みきわ》め、どこに行ってどうやって獲《と》るか、決めなければなりません。山人《やまびと》の長《おさ》になるには、頭を使います」

「茅渟《ちぬ》の若者は、頭が良いと？」

「はい。それに、あれには、山の声が聞こえます」

「山の声？」

「いかにも。山の声は、山人《やまびと》の中でも、そうそう聞こえるものではありません。今聞こえるのは、わたくしのほかは、あれ一人です」

「ほう？　一体、どんな声なのでしょうな」

「山にいると、谷底の方から、森の中から、あるいは風の中から、声が聞こえます。谷には谷の、森には森の、風には風の声がします。わたくしは、声のするように動き、声のするように仲間を導《みちび》きます。口で言えるようなものではありません」

山の声の聞こえる青年。

深い谷底を流れる藍《あい》色の川のような眼差《まなざ》しを、菟原娘子《うないおとめ》は思い出していた。

三　白真弓《しらまゆみ》

翌日は宮作りの最初の日とあって、里の人々は山人達《やまびと》の働く様子《ようす》を見ようと広場に集まった。その中には珍しく菟原娘子《うないおとめ》の姿も混《ま》じっていた。

山の男達は付近の藪《やぶ》に置いてあった丸太《まるた》や石を続々と広場に運び入れ始めた。広場の片隅《かたすみ》に丸太《まるた》が整然と積み上げられていく。丸太《まるた》の切り口の新鮮な香《かお》りが広場に漂《ただよ》った。石は大きくて平《ひら》たい。敷石《しきいし》にするのだろうか。

茅渟壮士《ちぬおとこ》は、黙々《もくもく》と働いていた。大きな丸太《まるた》を運ぶのも石を運ぶのも、屈強《くっきょう》な仲間達に引けを取らなかった。細い肩に重い丸太《まるた》が食い込んでも、負けん気らしく歯を食いしばって、生真面目《きまじめ》な表情をして働いていた。

だが、茅渟壮士《ちぬおとこ》がどんなに頑張《がんば》っても、彼の体では、仲間達についていくのが精《せい》いっぱいのようだった。偶然菟原娘子《うないおとめ》が見かけた時、茅渟壮士《ちぬおとこ》は一瞬顔を歪《ゆが》め、年に似合《にあ》わぬ辛《つら》そうな深い皺《しわ》を、広い額に刻《きざ》んでいた。だがすぐに悔しそうに頭を振るうと、彼は再び丸太《まるた》を担《かつ》ぎ直した。

菟原娘子《うないおとめ》のほかに、それに気づいた者は誰もいなかった。

丸太《まるた》や石が一通り運び終わると、山人《やまびと》達は、一斉《いっせい》に広場の片隅《かたすみ》に退《しりぞ》いた。

茅渟壮士《ちぬおとこ》と、三十歳ほどの男の二人だけが、中央に進み出た。

山人《やまびと》達は黙ってそれを眺《なが》めている。

広場がしんと静まった。

茅渟壮士《ちぬおとこ》は鋭い目で辺《あた》りを見回し、竹製の物差《ものさ》しを取り出して地面を測《はか》ると、やがて一か所を指さし、

「キギシ（雉）」

と、少しかすれた細い声で、傍《かたわ》らの男に呼びかけた。

キギシと呼ばれた男は頷《うなず》いて、持っていた杭《くい》を地面に突き立てた。

キギシは濃い眉の下の窪《くぼ》んだ小さい目を瞬《しばたた》かせている、穏やかそうな中背《ちゅうぜい》の男だ。キギシが山人《やまびと》達に呼びかけると、山人《やまびと》達はぞろぞろと集まった。

最初の杭《くい》が、山人《やまびと》達によって広場の地面にしっかりと打ち込まれた。

茅渟壮士《ちぬおとこ》は麻縄《あさなわ》を杭《くい》に縛《しば》り付けると、一方の麻縄《あさなわ》を引きながら歩き出した。

キギシともう一人の山人《やまびと》が続く。
麻縄《あさなわ》には墨《すみ》の印《しるし》が付いていた。
向こう側に着いた茅渟壮士《ちぬおとこ》は、二番目の杭《くい》を麻縄《あさなわ》の墨《すみ》の印《しるし》に絡《から》ませて山人《やまびと》に持たせた。
三番目の杭《くい》をキギシが持つと、茅渟壮士《ちぬおとこ》は最初の杭《くい》に戻《もど》った。
三人は互いに呼びかけあって杭《くい》と麻縄《あさなわ》の角度を調整する。
最後に麻縄《あさなわ》をぴんと張り詰めて杭《くい》を打つと、地面には直角三角形が描かれていた。
反対側も同じようにして直角三角形を作り、広場には麻縄《あさなわ》の長方形が完成した。

すると茅渟壮士《ちぬおとこ》は再び、
「キギシ」
と小声で呼びかけた。
山人《やまびと》達が広場の隅《すみ》から、細長い丸太《まるた》の道具と、水をたたえた壺《つぼ》を運んできた。
丸太《まるた》の道具の底は平らに削《けず》られ、上の面には細長く四角い溝《みぞ》がくり抜《ぬ》かれている。
茅渟壮士《ちぬおとこ》は目を細めて最初の杭《くい》の下の地面を均《なら》し、丸太《まるた》の道具をそっと置いた。
壺《つぼ》の水を丸太《まるた》の溝《みぞ》に注《そそ》ぐ。

茅渟壮士《ちぬおとこ》は注意深く水面を見つめ、待った。

やがて丸太《まるた》の中で水は静まり、溝《みぞ》に刻《きざ》まれた細い線とぴたりと一致《いっち》した。

水平を計《はか》る、水計《みずばか》りである。

茅渟壮士《ちぬおとこ》は腰に付けていた袋から墨壺《すみつぼ》と筆を取り出し、竹製の物差《ものさ》しを杭《くい》に当てて、水面から一尺の高さに墨《すみ》で印《しるし》を付けた。彼は水計《みずばか》りと物差《ものさ》しを使い全《すべ》ての杭《くい》の同じ高さに、印《しるし》を付けていった。

そして茅渟壮士《ちぬおとこ》は杭《くい》に付けた印《しるし》の高さに、もう一本の麻縄《あさなわ》を引き渡した。

麻縄《あさなわ》は地上一尺の高さの所で、水平に張《は》り巡《めぐ》らされた。

こうして広場に、新しい宮の「縄張《なわば》り」が出来上がった。
正確な直角四辺形に仕切《しき》られた土地。
自然界に、それは、存在しない、
大自然の中で、人が、特別に出現させた空間である。
それだけで、里人達《さとびと》にはその土地が、神々《こうごう》しく感じられた。

この間茅渟壮士《ちぬおとこ》は、ごく手短《てみじ》かにキギシに指示する他、ほとんど無言だった。真剣に水計《みずばか》りの水面と杭《くい》を見詰め、几帳《きちょうめん》面に高さを計《はか》る。自分に少しの狂いも許そうとせず、水面が溝《みぞ》の線と一致《いっち》するまで、彼は何度でも粘《ねば》り強く地面を調整した。杭《くい》にはごく細い線が、きちんと引かれていた。

キギシは茅渟壮士《ちぬおとこ》の指示を山人《やまびと》達に伝えていた。誠実そうな話しぶりだ。山人《やまびと》達は慣れた様子で頷《うなず》き合い、働いている。不敵《ふてき》な面構《つらがま》えの男達が、年若い茅渟壮士《ちぬおとこ》の指示に当然のように従っていた。山の男達は納得《なっとく》さえすれば、里人《さとびと》達のようにとやかく文句《もんく》を言わないらしい。

全《すべ》てが終わると、茅渟壮士《ちぬおとこ》は、木陰《こかげ》で作業を見ていた山長《やまおさ》に向かって目礼《もくれい》した。山長《やまおさ》が、静かに歩み出た。

山長《やまおさ》は茅渟壮士《ちぬおとこ》から水計《みずばか》りと竹製の物差《ものさ》しを受け取ると、四辺の杭《くい》と麻縄《あさなわ》を丁寧《ていねい》に確認して回った。

「良かろう」

良く透《とお》る低い声で山長《やまおさ》が告げると、山人《やまびと》達の間に安堵《あんど》のため息が広がった。

山人達《やまびと》は丸太《まるた》を広場の中央に運び入れ、樹皮《じゅひ》を剥《は》がしはじめた。やがて丸太《まるた》が美しい木肌《きはだ》を見せると、彼らは手に握った槍型《やりがた》のかんなを使って表面を削《けず》り綺麗《きれい》に仕上《しあ》げていく。その手さばきは鮮《あざ》やかで素早《すばや》く、里の人達とは全く違う。魔法のようだった。

キギシが里の若者達に丁寧《ていねい》に声をかけると、里の若者達も丸太《まるた》を運び、樹皮《じゅひ》を剥《は》がしはじめた。仕上《しあ》げのかんな掛《か》けは、熟練《じゅくれん》の山人達《やまびと》が引き受ける。最初はちぐはぐだった里の若者達と山の男達の動きが、少しずつ嚙《か》み合ってきた。

その様子《ようす》を、山長《やまおさ》が木陰《こかげ》で満足気《まんぞくげ》に見守っていた。

菟原壮士《うないおとこ》は、茅渟壮士《ちぬおとこ》が気になって仕方《しかた》がなかった。茅渟壮士《ちぬおとこ》が広場の中心で仕事をしているのを見ると、負けてはいられない気がした。

本来ならば菟原壮士《うないおとこ》は里の代表として、里の若者達と山人達《やまびと》との間に争いや事故が無いよう、監視《かんし》をしていれば良かった。だが菟原壮士《うないおとこ》は、もともと立派な体格の、力に溢《あふ》れた若者である。そのうちに見ているだけではつまらなくなり、弓矢と太刀《たち》を傍《かたわ》らの少年に預けて広場に飛び出すと、

「私もやるぞ」

と一声叫び、自分も一緒に働き始めた。

里の若者達が、どっと歓声を上げた。日頃彼を慕《した》っている里の若者達も、俄然《がぜん》張り切って働き始めた。

体を使って物を作る作業は思いのほか楽しく、気が付くと菟原壮士《うないおとこ》も里の若者達も、夢中で働いていた。

一日の作業が終わると、里の若者達は菟原壮士《うないおとこ》の周りに集まってきた。

(里の若者達のためにも、ここで毅然《きぜん》とした態度《たいど》を示しておくべきだ)

そう判断した菟原壮士《うないおとこ》は、迷うことなくつかつかと茅渟壮士《ちぬおとこ》の前に歩いて行き、告げた。

「これで今日は、私達は家に帰る。

お前達は、この辺の木くずを全部集めてきれいに掃除してから、引き上げてくれ」

茅渟壮士《ちぬおとこ》は野生馬のようなきつい目で菟原壮士《うないおとこ》を正面から見ると、黙って頷《うなず》いた。

菟原壮士《うないおとこ》を睨《にら》んだまま、茅渟壮士《ちぬおとこ》は後ろの仲間達にさっと片手を挙《あ》げた。

山人《やまびと》達は一言も言わずに散って、掃除を始めた。

山の男達は身に染《し》みていた。里人《さとびと》は、決して山人《やまびと》を自分達と同等には見ない。「我々はお前達を雇《やと》っているのだ」里人《さとびと》はいつも、いろいろな形で彼らにそう示す。茅渟壮士《ちぬおとこ》も仲間達も、それには慣れていたはずだった。

だが今日に限って茅渟壮士《ちぬおとこ》は、なぜか里の若者を睨《にら》み続けている。

キギシが、気遣《きづか》わしげに茅渟壮士《ちぬおとこ》の肩をそっと叩《たた》いた。

それでも茅渟壮士《ちぬおとこ》は、去っていく里の若者達から目を離さなかった。

里の家々へと続く道端《みちばた》の薄《すすき》が、風にそよいでいた。

その先の水田には、青々とした稲が揺れている。

この里に住み、生まれてから死ぬまでずっと同じ田で稲を育て続けている人々。

茅渟壮士《ちぬおとこ》にとって、それは計《はか》り知れぬ遠い存在だった。

「何という無礼《ぶれい》な男だ」

里の若者達と帰途《きと》につきながら、菟原壮士《うないおとこ》は、誰に言うともなくつぶやいた。

食事をこしらえ広場に運ぶのは、里の娘達の役目だった。食事には、持《も》ち飯《いい》を準備した。米を蒸《む》して、手ごろな大きさに固める。持《も》ち飯《いい》は持ち運べるので、旅に出る時や戦《いくさ》に行く時には、とても便利だ。日が高くなると里の娘たちは、粟《あわ》や稗《ひえ》がたくさん混《ま》じったおおぶりの持《も》ち飯《いい》を竹笊《たけざる》に山のように積み上げ、広場に運んだ。

菟原娘子《うないおとめ》も他の娘達と一緒に、恐る恐る竹笊《たけざる》を運んだ。あちこちから汗の匂いのする手が伸びて、瞬《また》く間に持《も》ち飯《いい》の山は崩《くず》れていった。

少し離れたところに茅渟壮士《ちぬおとこ》が腰を下ろしているのが、菟原娘子《うないおとめ》の眼に入った。捨て子だったからだろうか。茅渟壮士《ちぬおとこ》は決して自分からは山人《やまびと》達の仲間に入ろうとしない。そういえば山の男達は皆、茅渟壮士《ちぬおとこ》が山長《やまおさ》の実子でない事を知っているはずだ。体格も顔つきも、茅渟壮士《ちぬおとこ》は山の男達とは全然違う。茅渟壮士《ちぬおとこ》は、仲間達の群れから少し離れて、何か遠くの声にじっと耳を澄ませているような表情をしている。

（こんな所でも、山の声が聞こえるのだろうか）

持《も》ち飯《いい》をもらいに行こうともしないで一人腰を下ろしている茅渟壮士《ちぬおとこ》の姿を見て、菟原《うない》娘子《おとめ》は思った。

茅渟壮士《ちぬおとこ》の周りだけ、冷たい谷川の水が流れているような気がした。

気が付くと菟原娘子《うないおとめ》は、自分から茅渟壮士《ちぬおとこ》に近づいていた。菟原娘子《うないおとめ》は、自分で自分にびっくりし、頬《ほほ》が火照《ほて》った。茅渟壮士《ちぬおとこ》の目の前まで来ると、菟原娘子《うないおとめ》は思わず顔を伏《ふ》せ目をつぶって、つっと竹笊《たけざる》を茅渟壮士《ちぬおとこ》に差し出した。

茅渟壮士《ちぬおとこ》は、驚いたように目を丸くして菟原娘子《うないおとめ》を見詰めた。

自分に近づいてくる者がいることを、茅渟壮士《ちぬおとこ》は、全く予想していなかった。

もとより引《ひ》っ込《こ》み思案《じあん》な菟原娘子《うないおとめ》も、どうしたらよいかわからない。しばらくの間、二人とも身動きもしなかった。

そっと菟原娘子《うないおとめ》が顔を上げると、茅渟壮士《ちぬおとこ》のきつい目の端《はし》が和《やわ》らぎ、固く結ばれた唇《くちびる》の両端が綻《ほころ》んだ。菟原娘子《うないおとめ》は茅渟壮士《ちぬおとこ》の表情の変化の一つ一つを、ただ不思議そうに見上げていた。そしてようやく彼女は、茅渟壮士《ちぬおとこ》が自分に向かって微笑《ほほえ》んだのだ、と気づいた。

青年は、雲の切れ間からうっすらと陽が差し込んだように、ぎこちなく柔らかい笑顔を浮かべていた。

菟原娘子《うないおとめ》が茅渟壮士《ちぬおとこ》の笑顔を見たのは、これが初めてだった。

茅渟壮士《ちぬおとこ》は照れたように目で一礼《いちれい》し、竹笊《たけざる》に手を伸ばし持《も》ち飯《いい》をつかんで立ち去った。

茅渟壮士《ちぬおとこ》は、物陰《ものかげ》で持《も》ち飯《いい》を頬張《ほおば》った。

山ではいつも胡桃《くるみ》や団栗《どんぐり》や橡《とち》の実を食べている。橡《とち》の実はあくが強いので、幾日も水にさらして、あくを抜いてから食べるのだ。

（前に米の飯を食べたのは、いつだったろう……）

茅渟壮士《ちぬおとこ》は思った。

（思い出せない……確か昨日もここで食べたはずだけれど、仕事で緊張しすぎていたせいか、まるで覚えていない）

広場の真ん中《まなか》で、見知らぬ人々や山人《やまびと》達全員に見られながら「縄張り《なわば》」をする作業は、何度やっても茅渟壮士《ちぬおとこ》には、慣れることが出来なかった。人々の注目を浴びると、逃げ出したくなる。緊張のあまり胃の辺《あた》りが締《し》め上げられる気がした。だが茅渟壮士《ちぬおとこ》はその作業の間中、自分を眺《なが》める山長《やまおさ》の視線を感じていた。一点の誤《あやま》りも見逃《みのが》さない、冷《ひ》ややかな視線。それを感じると、茅渟壮士《ちぬおとこ》は自分の心を無理にも抑《おさ》えつけた。

（いつもそうだ）

茅渟壮士《ちぬおとこ》は頭を振《ふ》った。茅渟壮士《ちぬおとこ》の記憶はばらばらで、欠けている部分が多い。山に来る以前の記憶は無い。捨てられた時の記憶も、それ以前の記憶も。

かすかに残っているのは、広い原っぱで泣いていた記憶だけだ。

どこまで行っても蒲《がま》や薄《すすき》が風に揺れているばかりで、誰の姿も見えなかった。歯がかちかち鳴るほど不安だった。

（あの時あんまり不安だったので、その前の記憶が全部消えてしまったのだろう）

茅渟壮士《ちぬおとこ》は自分でそう見当《けんとう》をつけていた。

だが不気味なのは、最近の記憶すらあちこち抜けていることだ。茅渟壮士《ちぬおとこ》の記憶は、切《き》り刻《きざ》まれたようにごっそり抜け落ちている。自分の頭が壊《こわ》れてしまいそうな気がして、茅渟壮士《ちぬおとこ》はこめかみを揉《も》んだ。


子供の頃で覚えているのは、人々が寝静まった夜更《よふ》けに、山長《やまおさ》からいろいろ教えられたことだ。山長《やまおさ》は小さい子供を扱うのは不得手《ふえて》だったが、教え方は丁寧《ていねい》だった。山人達《やまびと》は山間《やまあい》や崖際《がけぎわ》に住処《すみか》を作り、木々が少なくなると移動する。食事を作ってくれる山人《やまびと》のおばさんが帰って住処《すみか》に二人きりになると、山長《やまおさ》は茅渟壮士《ちぬおとこ》に、数の数え方から柱と梁《はり》の組み立て方まで、毎晩さまざまな事を教えた。茅渟壮士《ちぬおとこ》は物を覚えることは、嫌いではなかった。だが、どうして山長《やまおさ》が自分だけにこっそり教えるのか、わからなかった。

山長《やまおさ》は山人《やまびと》達に指図《さしず》し、里人《さとびと》と交渉《こうしょう》し、どこからか鉄の斧《おの》や山刀を調達してきた。山長《やまおさ》はすべてを一人で仕切《しき》っていた。だが、実際に山人《やまびと》達と働くことは、決して無かった。

「どうして、キギシにも教えないの？」

十歳くらいの頃、茅渟壮士《ちぬおとこ》は山長《やまおさ》に訊《き》いたことがある。キギシは当時二十歳をすぎたばかりの若者で、山の男達の中で一番器用《きよう》だった。斧《おの》や槍《やり》かんなを誰よりも上手に使った。山人《やまびと》達は、山長《やまおさ》が拾ってきた子供をいまだに胡散臭《うさんくさ》げに遠巻《とおま》きにしていた。同年配《どうねんぱい》の子供達も、茅渟壮士《ちぬおとこ》とは遊ばない。

（自分だけ教えてもらったら、もっと一人になる）

その頃まだ十歳だった茅渟壮士《ちぬおとこ》にも、それはわかっていた。山長《やまおさ》はどう思っているのだろう。少年は聞いてみたかった。

「山長《やまおさ》は、二人はいらない」

即座《そくざ》に山長《やまおさ》は答えた。静かだが、容赦《ようしゃ》の無い口調《くちょう》だった。少年は思わず叫んだ。

「父さんは、怖《こわ》いんだ。みんなに教えたら、みんなは父さんが要《い》らなくなるから」

驚いて山長《やまおさ》は振り返った。

切《き》れ長《なが》の眼が、真《ま》っ直《す》ぐに自分を見つめている。

この少年は、どうやら自分が思っていた以上に怜悧《れいり》らしい。

山長《やまおさ》は初めて気づき、愕然《がくぜん》とした。

山長《やまおさ》は、誰よりも鋭く考えることのできる男だった。

山長《やまおさ》は、かつて自分と対等に論じ合う相手と出会ったことは一度も無く、自分を理解できる者と出会ったこともまた、無かった。

彼は孤独だったが、自分のような並外《なみはず》れた能力を持つ者にとって、それは当然のことだと思っていた。

それなのにこの少年は、自分の何かを見透《みす》かしている。

山長《やまおさ》は、薄気味悪《うすきみわる》さを覚《おぼ》えた。

自分が拾ったこの少年の眼に、今、自分の姿はどう映《うつ》っているのだろう。

そう思った時、山長《やまおさ》の脳裏《のうり》に、二十数年前の自分の姿が浮かんだ。

山長《やまおさ》は、中国江南《こうなん》の地方豪族の家に生まれた。故国では李広福という名だった。呉《ご》の滅亡後、江南《こうなん》は目まぐるしく王朝が交代した。相次《あいつ》ぐ戦乱に李広福の生家は没落《ぼつらく》した。

李広福は官吏《かんり》になりたいと思った。だが官吏《かんり》に推薦《すいせん》されるのは新しい王朝の貴族の子弟ばかりで、公然と賄賂《わいろ》が横行《おうこう》していた。

李広福は憤激《ふんげき》し、自分が相続できる財産をすべて金に換えて倭国《わこく》に行く決意をした。航海術に長《た》けた江南《こうなん》の海民の中には、巧《たく》みに船を操《あやつ》って遥《はる》か東方の島国である倭国《わこく》に渡り、翡翠《ひすい》や真珠、丹《に》などの高価な品々を取引してくる者がいるという。李広福はそれを聞き知っていて、なんとか彼等を探し出し、話をつけると、単身《たんしん》、船に乗って海を渡った。

李広福は建築技術を身に着けていたので、異国に渡っても生き抜いていける自信があった。

彼は自分の頭脳と技術に、絶対の自信を持っていた。

今はただ一人の無名の若者にすぎないけれど、彼は自分が、自分でも未だ知らない大きな能力を持っており、どこかで何か大きな事を成《な》し遂《と》げられる人間である、という気がしてならなかった。

外洋の荒波《あらなみ》に揺《ゆ》られ、前途にただ水平線だけが広がるのを眺《なが》めても、李広福は怯《ひる》まなかった。

筑紫《つくし》の港、那津《なのつ》に着くと、船は取引を終えて故国に帰ってしまった。

李広福は筑紫《つくし》の官邸《かんてい》に行き、下級役人達に、

「私は都に行きたい。瀬戸内海《せとないかい》を通って難波津《なにわづ》へ行く船に乗り込むことを許可して欲しい」

と交渉《こうしょう》した。彼等は上官に取り次いだ。

「汝《いまし》は何故《なぜ》、都へ行きたいのか」

筑紫《つくし》の官吏《かんり》は初老の親切な男で、李広福の故国の言葉で話しかけてきた。

「私は建築技術を持っています。都へ行って宮殿を建て、大きな橋を作りたいのです」

官吏《かんり》は李広福が堂々《どうどう》とした有能な若者であることに感心し、その才を惜しんだ。

「汝《いまし》はここ筑紫《つくし》に残るが良い。筑紫《つくし》で家を建て、橋を作ってはどうか」

「感謝します。でも、私は都へ行きたいのです」

李広福は、地方に埋《うず》もれるつもりは更々《さらさら》なかった。

（自分の才能を生かせるのは、都しか、無い。

都で自分の建築技術を存分《ぞんぶん》に発揮《はっき》して、倭人《わじん》達の度肝《どぎも》を抜《ぬ》く立派な建築物を建てたい。

地方でありふれた建物を作っているだけなら、何のために海を越えて、ここまで来たのかわからない）

李広福は、内心そう思っていた。

官吏《かんり》は折れて、瀬戸《せと》内海《ないかい》の通行許可を出してくれた。

乗り換えた内海用の船は最初の船よりは小ぶりで、朝鮮半島から来た人々が乗り合わせていた。李広福は朝鮮の人々から、

「難波津《なにわづ》に近い河内《かわち》の湖の周辺で、渡来人《とらいじん》達が大勢働いている」

という話を聞き込んだ。彼は難波津《なにわづ》に着き船を降りると、とりあえず河内《かわち》に行くことにした。手持ちの資金も心細くなったので、ひとまず仕事をしながら、都があるという大和《やまと》に行く手立《てだ》てを考えるつもりだった。

彼は河内《かわち》に着くと、渡来人《とらいじん》の多く住む地域で働いた。

そこでは渡来人《とらいじん》達が須恵器《すえき》を作る集団、鉄器を作る集団、馬を飼《か》う集団などを作っていた。

だが、半年も経たぬうちに、李広福は絶望した。

河内《かわち》にあるのは、大量に同じ製品を作る作業場だけだった。

彼が目指していたような立派な建築物を作るためには、さらに山の向こうの大和《やまと》に行かなければならない。

しかし大和《やまと》で大きな建築事業に関わるには、高貴な人や有力者の紹介が無ければならないらしかった。

単身日本に来て何の伝手《つて》も持たない李広福がそういう人々に近づくには、幾人もの仲介者と莫大《ばくだい》な資金が必要だ。李広福の持ってきた資金では、とても足りそうになかった。

（倭人《わじん》は、人を見る目が無い）

李広福は深く憤《いきどお》っていた。

李広福の目には、倭人《わじん》は、大した技術も無いのに口が上手《うま》く押しの強い渡来人《とらいじん》ばかりを厚遇《こうぐう》しているように見えた。渡来人《とらいじん》同士の間でも、本国で身分が低かった者達が幅《はば》を利《き》かせているのが、豪族出身の李広福には面白くなかった。

渡来人集落《とらいじんしゅうらく》を出て、李広福はただ一人山に入った。

一年以上もの月日を、李広福は山で、誰にも会わずに過ごした。

身を守る武術も獲物《えもの》をとるための弓術も故国で身に着けていたし、日本の山は思いのほか温暖で木の実も豊かだったので、彼は全く不自由を感じなかった。

李広福は他人に頭を下げるのに、飽《あ》き飽《あ》きしていた。

故国にも日本にも、彼の才能を見出《みいだ》してくれる人はいなかった。

いっそのこと、ここでこうして、一生一人で暮らしていくのも悪くはないか。

彼はそう考え始めていた。

李広福はそこで、山人《やまびと》達の群《む》れに出会った。

木々の枝々を縫《ぬ》って、笑い声が聞こえてくる。男達ばかりらしい。

言葉はわからないが、野太《のぶと》い陽気な声だ。

李広福は久しぶりに聞く人間の声に、思わず近づき、木々の間を覗《のぞ》き込んだ。

山人《やまびと》達は、石斧《いしおの》で木を切っていた。

小枝を切って束《たば》にしている者。

太い木の根元に力一杯石斧《いしおの》を当てている者。

カーン、カーン、と小気味《こきみ》良《よ》い音を響《ひび》かせ、互いに声をかけ笑いあっている。

背は低く、日焼けした横長の顔。逞《たくま》しい太い胴と引《ひ》き締まった長い四肢《しし》。突き出た眉間《みけん》の下の、窪《くぼ》んだ純朴《じゅんぼく》そうな目。

威張《いば》り返った今までの倭人《わじん》達とは、全然違う。

李広福は山人《やまびと》達に近づいた。

背負っていた袋から鉄の斧《おの》を取り出すと、手ごろな太さの木に振り下ろして見せた。木には鋭い切れ跡が刻《きざ》まれた。幾度か鉄斧《てつおの》を打ち付けると、木はどうと音をたてて倒れた。山人《やまびと》達は目を丸くして近寄ってきた。李広福は黙って鉄の刃先《はさき》を彼らが見えるようにかざして見せた。山人《やまびと》達は目を輝かせ、どよめいた。

その日から李広福は、山人《やまびと》達の群《む》れに加わった。

李広福は山人《やまびと》達に鉄製のいろいろな道具を見せ、使い方を教えた。素朴《そぼく》な山人《やまびと》達は驚いて彼を尊敬し、仲間として受け入れた。李広福は河内《かわち》に戻って鉄の槍《やり》かんなや鉄斧《てつおの》をたくさん買いこみ、山人《やまびと》達に渡した。

こうして李広福は山人《やまびと》達を率《ひき》いる山長《やまおさ》となり、里人《さとびと》達の仕事を受け、やがて「匠《たくみ》」とよばれる工人集団を作り上げた。

しかし山長《やまおさ》は工具の使い方は教えても、設計技術や取引の仕方については決して山人《やまびと》達に伝《つた》えようとしなかった。それを伝《つた》えたら、山人《やまびと》達は自分達の中から山長《やまおさ》を立てる、と知っていたからだ。

だが、山長《やまおさ》は自分の体が少しずつ老いに近づいていく気配《けはい》を感じていた。

（自分が老いて力が無くなった時、山人《やまびと》達はどうするだろうか）

山長《やまおさ》にはわからなかった。

山長《やまおさ》にとって山人《やまびと》達は異国人であり、山人《やまびと》達の心の奥深くまでは、山長《やまおさ》には理解できなかった。

山長《やまおさ》が茅渟《ちぬ》で捨て子に出会ったのは、その頃だった。


その日山長《やまおさ》は、河内《かわち》の渡来人集落《とらいじんしゅうらく》に、鉄の道具や筆や墨を買い付けに来た。買い付けを終えて山に帰る途中、河内《かわち》の湖畔《こはん》の荒れ野で、山長《やまおさ》は子供が泣いているのを見かけた。

まだほんの小さい痩《や》せこけた子だった。

だがその広く賢そうな額と、その子が着ていた汚れた服の形が気になり、山長《やまおさ》は行き過ぎようとした足を止めた。

真っ黒に汚れあちこち破れているので判別《はんべつ》し難いが、その子の服の形は、この辺《あた》りの里の子供達が着ている物とは、少し違う。

(昔、どこかで見たことがある気がする)

山長《やまおさ》は朧《おぼろ》な記憶をたどって考えを巡《めぐ》らせた末に、ようやく思い至《いた》った。

(筑紫《つくし》の官邸《かんてい》で官吏《かんり》の子供が着ていたのと、同じ形ではないか)

両袖《りょうそで》の肩の辺《あた》りだけ縫《ぬ》いあわせずに綻《ほころ》びさせ、組紐《くみひも》で結んでいる。上と左右、三つの飾り輪を花びらのように結んだ独特の結び方で、たしか麻製の白い服だった。

(倭《わ》の貴人の子供達は、こういう服を着るのか)

当時、都に行き貴人の知遇《ちぐう》を得たいと願っていた山長は、そう心に呟《つぶや》いた。今でも記憶の底に残っていたのは、それがどことなく山長《やまおさ》に故国の服を思い出させたからかもしれない。

山長《やまおさ》は泣いている捨て子の注意を引かぬようにそっと近づき、何気《なにげ》ない風を装《よそお》って子供を盗《ぬす》み見て、呆気《あっけ》にとられた。

泥《どろ》だらけのその布は、目を凝《こ》らすと微《かす》かに白く光沢《こうたく》を放《はな》っている。

それは、白絹《しらぎぬ》の衣《ころも》であった。

(子供に絹地を着せる倭人《わじん》など、これまで見たことがない)

山長《やまおさ》は、瞬時に考えた。

(この子を育てて自分の技術を仕込《しこ》み、次の山長《やまおさ》にしよう。

そうすれば、老いて働けなくなっても、自分は山人《やまびと》の群れに居られるだろう)

山長《やまおさ》は、捨て子を山に連れ帰った。

山長《やまおさ》が昔を思い出していたのにも気づかず、少年の茅渟《ちぬ》壮士《おとこ》は、山長《やまおさ》を見上げてきっぱりと宣言した。

「俺も、明日からみんなと一緒に木を切る。木を運ぶ。キギシと一緒に働く。俺は、父さんのようにはならない」

「愚《おろ》かな」

山長は思わず声を荒《あら》げた。滅多《めった》にないことだった。

「山人《やまびと》達とお前とでは、骨の太さが違う。重い木を担《かつ》いだら、お前の肩や腰の骨は砕《くだ》けてしまう。山人《やまびと》達の足の裏《うら》は、険《けわ》しい崖《がけ》や高い木にも吸《す》い付き、登れるようにできているのだ。お前が真似《まね》をしたら、真《ま》っ逆《さか》さまに崖《がけ》や木から落ちてしまう。死んでしまうぞ」

「死んだって、構《かま》わない」

少年は、冷然と言い放った。

「俺が死んで困るのは、父さんだろう」

翌日から、少年は山人達《やまびと》に混《ま》じって働きだした。肩に丸太《まるた》が食い込み、高い木に登ると目が眩《くら》み、絶えず吐き気《はけ》がした。だが少年は歯を食いしばって働き続けた。

山人達《やまびと》にとっては、たいして役にも立たない山長《やまおさ》の拾い子が仕事に加わるのは気づまりだった。いつもの調子で猥雑《わいざつ》な冗談を飛ばすのも気が引けたし、手を抜いてこっそり休むのもやりづらかった。誰も茅渟壮士《ちぬおとこ》に話しかけようとしなかった。ただ一人キギシだけが茅渟壮士《ちぬおとこ》に声をかけ、仕事のやり方も一つ一つ手を取って教えてくれた。

茅渟壮士《ちぬおとこ》が知識を持っていることが、次第に山人達《やまびと》にもわかってきた。

すると特に取り決めたわけでもなかったが、キギシが茅渟壮士《ちぬおとこ》に作業の手順を聞き、山人達《やまびと》に伝える、という仕事の流れが、暗黙《あんもく》のうちにできあがった。山人達《やまびと》はそれに文句《もんく》を言うことも無かったが、少年に近寄って機嫌《きげん》を取ろうとすることも無かった。キギシと短い会話を交わす他、少年はほとんど一日中、無言で働いた。

茅渟壮士《ちぬおとこ》は、そうして成長していった。

昼は大人達に混《ま》じって精《せい》いっぱい働き、夜は山長《やまおさ》と差《さ》し向《むか》いで教えを受けていた茅渟《ちぬ》壮士《おとこ》にとって、一番心が安らぐのは、山に一人でいる時間だった。

一人で森に入ると、茅渟壮士《ちぬおとこ》は急に手足が軽くなった気がした。藪《やぶ》を抜け崖《がけ》を伝《つた》い、旋風《つむじかぜ》のように野原を駆《か》け巡《めぐ》った。できることなら、このままどこまでも駆《か》けて行きたかった。

川で銛《もり》を使って魚や蟹《かに》を獲《と》るのが、茅渟壮士《ちぬおとこ》は得意だった。川原で火を起こし、せせらぎに足を浸《ひた》して香《こう》ばしい焼きたての獲物《えもの》を頬張《ほおば》るのが、茅渟《ちぬ》壮士《おとこ》は楽しかった。

山の風は枝々を揺《ゆ》すり、草をそよがせ、川面《かわも》を撫《な》でていく。そのたびに、川面《かわも》は光の粒《つぶ》を撒《ま》いたように、きらきら光る。何故《なぜ》かはわからなかったが、少年の頃から茅渟壮士《ちぬおとこ》は、川の流れを見ると、とても懐《なつ》かしい気がした。

翌々日、菟原娘子《うないおとめ》は持《も》ち飯《いい》を配《くば》り終えて、辺《あた》りをぼんやり眺《なが》めていた。広場には、里の若者達の集団と山の男達の集団が、自然に分かれて腰を下ろしていた。里の娘達は里の若者達の方へ行って、何か軽口《かるくち》をたたいているらしい。でも、菟原娘子《うないおとめ》はそういう場に慣れていなかったので、仕事が終わったらそっと抜け出そうと考えていた。

「山人達《やまびと》は無礼《ぶれい》で、口の利《き》き方《かた》も知りません」

昨日、仕事を終えた菟原壮士《うないおとこ》と里の若者達が連れ立って里長《さとおさ》の家を訪《おとず》れ、しきりに里長《さとおさ》に訴えていたのを、菟原娘子《うないおとめ》は思い出していた。

里長《さとおさ》は驚く様子《ようす》も無く、彼等に尋《たず》ねた。

「ほう。山人達《やまびと》は、怠《なま》けて働かないのか？ それとも何かお前達に逆《さか》らったのかな？」

「いいえ」

菟原壮士《うないおとこ》は正直《しょうじき》に答えた。

「山人達《やまびと》は、良く働きます。

我々に逆《さか》らうこともありません。

だが……

なんだか無礼《ぶれい》なんです。

我々に会っても、頭を下げません」

「ふむ」

里長《さとおさ》は、どこか面白そうに菟原壮士《うないおとこ》に言った。

「山人《やまびと》達は、『まつろわぬ民《たみ》』だからね」

『服従しない人達』という意味だと、里長《さとおさ》は菟原壮士《うないおとこ》達に説明した。

誰にも従わず、毎日食べる分だけ獲物《えもの》を獲《と》って、仲間達と分け合って暮らしている。

里人《さとびと》達からは貶《おとし》められ、雨風に曝《さら》されて厳しい暮らしをしてはいるが、彼らは自分達の腕に自信があるので、他人に媚《こ》び諂《へつら》うことをしないのだ、と、里長《さとおさ》は里の若者達に、取《と》り成《な》すように語った。菟原壮士《うないおとこ》達は、狐《きつね》につままれたような表情をして引き返していった。


けれど菟原娘子《うないおとめ》には、山の男達は、思っていたよりも怖《こわ》く無かった。

彼らは竹笊《たけざる》から遠慮なく持《も》ち飯《いい》を引《ひ》っ掴《つか》み、猛然と食べ続けるが、腹一杯になったらあっさりその場を離れていく。

里人《さとびと》達のように何度も礼を言ったりはしないが、自分だけ沢山《たくさん》もらおうと欲張《よくば》ることもない。

腹が一杯になって満足した山人《やまびと》達は、肩や腰に引っ掛けていた獣《けもの》の皮を尻に敷いて地べたに座り、無骨《ぶこつ》な顔の窪《くぼ》んだ目尻《めじり》に皺《しわ》を寄せて、大声で笑い合っている。

（なんだか、とてもわかりやすい。

見かけは恐ろしいけれど、中身は子供みたい……）

菟原娘子《うないおとめ》は少し可笑《おか》しかった。

十七歳になっても菟原娘子《うないおとめ》の心は、羽化《うか》したばかりの蝉《せみ》の羽のように薄く柔らかいままだった。

泉の水を欲しがる里の大人達の話を聞くたびに、引《ひ》っ掻《か》き傷のような痛みが心に残り、いつもひそかに人々への脅《おび》えを抱《かか》えていた。

そんな菟原娘子《うないおとめ》にとって、菟原壮士《うないおとこ》達が無礼《ぶれい》だと眉をひそめる山人《やまびと》達の率直《そっちょく》さは、かえって気楽《きらく》だった。

（こんな人達もいるのだ……

里の人々とは、全然違う……）

汗と泥《どろ》に汚れて黒ずんではいたが、屈託《くったく》なく笑う山人《やまびと》達の顔つきは、どこか人が好《よ》さそうだった。

広場に風が吹いてきた。

透明《とうめい》な風の素足《すあし》に踏まれたように、広場の木々も草むらも一斉《いっせい》にさわさわと揺《ゆ》すれ、波のように次々に撓《しな》っていった。

風のさざ波に頬《ほほ》をさらしているうちに、菟原娘子《うないおとめ》の心からはいつの間にか痛みと脅《おび》えが薄らぎ、いつもよりほんの少し、心が伸びやかになっていた。

菟原娘子《うないおとめ》は、息がしやすくなったように感じた。

すると、仲間達から少し離れて腰を下ろしていた茅渟壮士《ちぬおとこ》が、空中にさっと手を伸ばし、何か光るものを捕《つか》まえた。

紅色のちいさな光が、せわしなく瞬《またた》いている。

思わず菟原娘子《うないおとめ》が近づいて覗《のぞ》きこむと、茅渟壮士《ちぬおとこ》の掌《てのひら》にいるのは、紅色の金属質の光沢《こうたく》を持つ細長い甲虫だった。

黒く細い縦《たて》の模様《もよう》がある。茅渟壮士《ちぬおとこ》がそっと指を開いているので、甲虫は全く気にすることなく茅渟壮士《ちぬおとこ》の指を伝っていた。漆黒《しっこく》の長い触覚《しょっかく》が震《ふる》える。

茅渟壮士《ちぬおとこ》は、愛《いと》おしそうに指先を伝《つた》う甲虫に顔を近づけると、指を伸ばした。

甲虫は紅色の羽をぱっと空中に開き、羽ばたいて行った。

茅渟壮士《ちぬおとこ》は傍《かたわ》らにいる菟原娘子《うないおとめ》を振り返り、微笑した。菟原娘子《うないおとめ》も、今度はすぐに微笑を返した。

菟原壮士《うないおとこ》は、それを見ていた。

少年の頃から、彼は菟原娘子《うないおとめ》だけを一筋《ひとすじ》に恋していたのだ。いつの日か里長《さとおさ》としてふさわしい男となり、神主《かんぬし》に結婚の許しをもらうつもりだった。そのために菟原壮士《うないおとこ》は、里の若者達の誰にも負けまいと武芸も知恵も磨《みが》いてきた。今では里の若者達は皆、菟原壮士《うないおとこ》の実力を認めている。

菟原娘子《うないおとめ》が日増《ひま》しに美しくなり評判が高くなっても、菟原壮士《うないおとこ》は平気だった。近隣の若者達までが彼女を一目《ひとめ》見ようとやってくるようになっても、いつか自分の妻になると思えば、内心むしろ得意だった。元来《がんらい》明るい性格で大切に育てられた菟原壮士《うないおとこ》は、物事《ものごと》を良い方向に考える癖《くせ》があった。

（この里で自分に敵《かな》う若者は、一人もいない）

菟原壮士《うないおとこ》は、そう信じていた。

それに長年の間、菟原壮士《うないおとこ》は菟原娘子《うないおとめ》が人並《ひとな》みはずれて内気《うちき》で誰にも近づこうとしないことを良く知っていて、安心していた。

それなのに。

菟原壮士《うないおとこ》は、目の前の光景が信じられなかった。

やり場のない激しい怒りを抱《かか》えて見上げると、一羽の鳥が空を飛んでいた。

むしゃくしゃした気持ちのままに菟原壮士《うないおとこ》は白真弓《しらまゆみ》を手に取り、矢をつがえて、狙《ねら》いを定《さだ》めた。

と、それより早く、茅渟壮士《ちぬおとこ》が足元の小石を掴《つか》み、鳥に向かって放り投げた。

小石は正確に鳥の右足にあたり、鳥は驚いて逃げた。

鳥の消えた青空を、矢が飛び去った。

「おのれ」

菟原壮士《うないおとこ》がかっとして掴《つか》みかかろうとすると、すでに茅渟壮士《ちぬおとこ》は、遠く離れた持ち場に戻って働き始めていた。いつの間に移動したのか、菟原壮士《うないおとこ》にも菟原娘子《うないおとめ》にも、わからなかった。

四　上棟式《じょうとうしき》

すっかり外は暗くなったのに、里長《さとおさ》の家の戸口《とぐち》の年を経《へ》て飴色《あめいろ》になった素木《しらき》の柱に、菟原娘子《うないおとめ》はまだ寄りかかっていた。

上棟式《じょうとうしき》の終わった日の、夕刻だ。

昼間の熱気の余韻《よいん》が、まだ菟原娘子《うないおとめ》の目にも耳にも残っている。

上棟式《じょうとうしき》は、棟木《むなぎ》を打ち上げる祭りだ。

すでに宮は、柱も梁《はり》も出来上がった。

いよいよ今日は、屋根の一番上に渡す、棟木《むなぎ》を据《す》えたのだ。

今日は朝早くから、老人達も小さい子供達も、里人《さとびと》達はみんな広場に集まって上棟式《じょうとうしき》を待っていた。

上棟式《じょうとうしき》の後には祝いの粢餅《しとぎもち》が撒《ま》かれることになっている。粢餅《しとぎもち》は、米の粉を清水でこねて丸めた神聖な食べ物だ。式の始まる前から、子供達はそれを楽しみにしていた。

まず神主《かんぬし》の前で山長《やまおさ》が竹の物差《ものさ》しで、周囲に巡《めぐ》らせた垣《かき》から宮までの長さを測《はか》ってみせ、規定通りに宮が仕上《しあ》がったことを確かめた。

それからみんなで棟木《むなぎ》を綱《つな》で引っ張り上げるのである。

木組《きぐ》みだけ出来上がった屋根の正面に支《ささ》えを作り、そこに真っ白な二本の太い麻綱《あさづな》をかけて、広場の中央へ垂《た》らしている。麻綱《あさづな》の先は広場の向こう側の二本の杭《くい》に結《むす》んである。

屋根の上の足場《あしば》には、茅渟壮士《ちぬおとこ》を真《ま》ん中《なか》にして数名の山人《やまびと》が立っている。

広場に垂《た》らした二本の綱《つな》は、二列に並んだ里の男達と山人《やまびと》達が全員で握《にぎ》り締《し》めている。

山長《やまおさ》の合図《あいず》とともに、広場の男達は棟木《むなぎ》を括《くく》りつけた麻綱《あさづな》を、力一杯引っ張った。

広場の男達が、

「千歳棟《せんざいとう》、万歳棟《まんざいとう》、曳曳棟《えいえいとう》」

と唱《とな》えて綱《つな》を曳《ひ》くと、
屋根の上の茅渟壮士《ちぬおとこ》達が
「オー」

と力強く応《こた》える。

ぐらり。

重い棟木《むなぎ》が揺《ゆ》らぎ、少しずつ上に持ちあがった。

真正面で屋根を踏みしめて立った茅渟壮士《ちぬおとこ》は、珍しく興奮に頬《ほほ》を紅潮《こうちょう》させ、目を輝かせている。地上の大勢の人々の掛《か》け声《ごえ》に、「オー」と腹の底から叫んでいた。

掛《か》け声《ごえ》は広場と屋根の上で繰《く》り返《かえ》され、その度に棟木《むなぎ》は、揺《ゆ》らぎながら上にあがる。

出来上がったばかりの柱や梁《はり》に、揺《ゆ》れる棟木《むなぎ》をぶつけないように、広場の山長《やまおさ》と屋根の上の茅渟壮士《ちぬおとこ》が、鋭く目を配《くば》り、指示を出す。

そして、人々は息を呑《の》む。

ついに屋根の上に棟木《むなぎ》は届き、茅渟壮士《ちぬおとこ》達が危《あや》うい足場《あしば》でしっかりとそれを掴《つか》み、引き寄せた。

棟木《むなぎ》は無事に、屋根の一番上に据《す》えられた。

茅渟壮士《ちぬおとこ》と数人の山人《やまびと》達は、一斉《いっせい》に大きな木槌《きづち》を振り上げると、棟木《むなぎ》を棟《むね》に打ち固めた。

屋根の上の男達は、木組みに板を架《か》けて簡単な祭壇を作ると、酒と米を供《そな》えた。

空中に築《きず》かれた小さな祭壇の前に立った茅渟壮士《ちぬおとこ》は、二度拝礼すると、広場に響《ひび》き渡るほど高々《たかだか》と、柏手《かしわで》を打った。

屋根の上の男達も広場の人々も、深々《ふかぶか》と頭を下げた。

「これが、あの時の捨て子か」

広場の中央で、山長《やまおさ》は茅渟壮士《ちぬおとこ》を見上げてつぶやいた。

茅渟壮士《ちぬおとこ》は幼い頃、一度だけ山長《やまおさ》に訊《き》いたことがある。

「俺の母さんは、どこにいるの？　俺はどうして、茅渟《ちぬ》という名前なの？」

山長《やまおさ》は、できるだけ静かに答えた。

「お前の母親は、知らない」

そして山長《やまおさ》は、荒れ野で茅渟壮士《ちぬおとこ》を拾った時のことを、丁寧《ていねい》に教えてやった。

ごまかしても、山人《やまびと》達は皆、知っていることだった。

茅渟壮士《ちぬおとこ》は目を見開いてそれを聞いていた。

谷底から見上げているような、不安な瞳《ひとみ》だった。

その日から、それが茅渟壮士《ちぬおとこ》の眼の色になった。

山人《やまびと》達と働いていても山長《やまおさ》と一緒にいても、茅渟壮士《ちぬおとこ》はいつも居心地《いごこち》が悪そうにしていた。いつもぎりぎり一杯まで無理をしながら、決してその場になじもうとしなかった。どこに居ても茅渟壮士《ちぬおとこ》は、自分の生きる場所が見つからないように見えた。

ついこの間ここで「縄張《なわば》り」をした時も、壊《こわ》れそうになるほど茅渟壮士《ちぬおとこ》が緊張《きんちょう》していることを、山長《やまおさ》は知っていた。

(何年経《た》ってもあの子の眼の色は、あの日のままだった。

これから先も、変わることはないと思っていた。

それなのに、今日の茅渟壮士《ちぬおとこ》は、どうだ……)

山長《やまおさ》はわずかに唇《くちびる》を歪《ゆが》めた。

山長《やまおさ》が見上げると、茅渟壮士《ちぬおとこ》は今、純白の木綿《ゆう》の幣《ぬさ》で飾られた賢木《さかき》の枝を、右手に空高く掲《かか》げている。

広場の人々と屋根の男達の歓声を一身に浴びながら、茅渟壮士《ちぬおとこ》は、屋根の最上部に渡された棟木《むなぎ》の上に、魔除《まよ》けの幣帛《へいはく》を打ち立てた。

賢木《さかき》の濃い緑の葉が真夏の日射《ひざ》しを跳《は》ね返《かえ》してきんきん光り、純白の幣《ぬさ》が風に流れた。

茅渟壮士《ちぬおとこ》は今、真《ま》っ直《す》ぐに空を見上げている。

その晴れやかな表情は、今まで山長《やまおさ》が見たことのない男の表情であった。

山長《やまおさ》には、屋根の上の茅渟壮士《ちぬおとこ》が、今にもどこかに飛び立ってしまうような気がした。

茅渟壮士《ちぬおとこ》の目に汗が流れ込み、額に髪がかかった。

振り払うように頭を揺《ゆ》すり顔を振り立てて天に向けると、吸《す》い込《こ》まれるような青空だった。

（こうやって、行けばいい。

どこまでも、行ける）

生まれて初めて茅渟壮士《ちぬおとこ》は、自分の力を信じられる気がした。

茅渟壮士《ちぬおとこ》は広場を見下ろした。

（探《さが》さなくても、わかる）

ずっと自分を見ていてくれる菟原娘子《うないおとめ》の顔を、茅渟壮士《ちぬおとこ》は真《ま》っ直《す》ぐに見つめ、頷《うなず》いた。

広場の隅《すみ》で自分を見上げている小さな白い影《かげ》が頷《うなず》き返《かえ》してくれるのを、茅渟壮士《ちぬおとこ》は、はっきりと見た。

昼間の上棟式《じょうとうしき》を思い出しながら夕闇《ゆうやみ》を眺《なが》めて、菟原娘子《うないおとめ》は、これまで味わったことが無いほど心が温まってくるのを感じた。

暮れなずんだ葦垣《あしがき》の向こう側から、じっとこちらを見詰めている茅渟壮士《ちぬおとこ》の眼差《まなざ》しがあることを、菟原娘子《うないおとめ》は知っていた。

里の若者達も家に帰ってしまう黄昏《たそがれ》になると、このごろ茅渟壮士《ちぬおとこ》はいつも、闇《やみ》に身を隠すようにして菟原娘子《うないおとめ》の姿を垣間見《かいまみ》に来る。

すると葦垣《あしがき》の片隅《かたすみ》の薄闇《うすやみ》だけが、澄《す》んで透明《とうめい》になり、音も無く自分に呼びかけてくる。

戸口《とぐち》に凭《もた》れた菟原娘子《うないおとめ》には、それが感じられた。

いつしか菟原娘子《うないおとめ》は、夕刻が待ち遠しくなった。


それでも菟原娘子《うないおとめ》は、どうすれば良いかわからない。

宮は、もうじき完成する。

茅渟壮士《ちぬおとこ》も山人《やまびと》達も、山に帰っていくだろう。

それを思うと、苦しくなった。

けれど彼女は、それが恋だということも気づかなかった。

菟原娘子《うないおとめ》はずっと、それは自分には遠い世界のものだと思っていた。

朝《あさ》な朝《さ》な聖域《せいいき》の泉の水を汲《く》んで神に供《そな》え、里の人々に差し出し、いつかは神に捧《ささ》げられる。

それが自分だと思っていた。

神の姫であることを、いつしか菟原娘子《うないおとめ》は受け入れていた。

（それなのに、宮が出来上がり山人《やまびと》達が去っていく日のことを思うと、なぜ私はこんなに辛《つら》くなるのだろう）

菟原娘子《うないおとめ》は最初の日、重い丸太《まるた》を担《かつ》いだ茅渟壮士《ちぬおとこ》が辛《つら》そうに顔をしかめていたのを思い出した。

自分一人だけが、あの表情に気づいたのだ。

微笑《ほほえ》む方法を忘れてしまっていたような、茅渟壮士《ちぬおとこ》のぎこちない笑顔。

青年がその笑顔を自分にしか見せないのを、菟原娘子《うないおとめ》は知っていた。

そして、自分を見る時の茅渟壮士《ちぬおとこ》の切《き》れ長《なが》の眼差《まなざ》し。

山並《やまな》みの向こうから来た青年の、強く真《ま》っ直《す》ぐな眼差《まなざ》しが向けられているのは、神の姫ではなくて、菟原娘子《うないおとめ》そのものだった。

菟原娘子《うないおとめ》の心に、痛いほど切《せつ》なく、一つの光景が映《うつ》った。

透明《とうめい》な光が、深く沈《しず》むに従《したが》って濃い青緑色を帯《お》びてくる、谷川の水底《みなそこ》。

誰もいない。

自分が誰か忘れてしまうほど、一人きりの世界。

それは茅渟壮士《ちぬおとこ》を初めて見た日から、菟原娘子《うないおとめ》の心の鏡に、くっきりと映《うつ》っていた光景だった。


ささや、ささら、ささや、ささら……


どこからか、小さなせせらぎの音が聞こえてきた。

ずっと深いところから聞こえてくる気がして、菟原娘子《うないおとめ》は目を閉じた。

神の姫として、心の奥深くに固く封《ふう》じ込《こ》めていた思い。

たった一人の方へ、止めどなく流れていく思い。

こんな思いが自分にあるということを、彼女は知らなかった。

こちらからは見えないけれど、今も茅渟壮士《ちぬおとこ》が向こうからじっと自分を見つめている。
そう思うと、それだけで菟原娘子《うないおとめ》は心が安らいだ。
生きることを諦《あきら》めていた彼女の心が解《ほど》け、頬《ほほ》が熱い。
心の底から夕闇《ゆうやみ》の方へ、思いは溢《あふ》れ、流れていく。
「どうしたの？　こんなに遅くまで」
家の中から、母親の訝《いぶか》し気《げ》な声がする。菟原娘子《うないおとめ》は、家の奥深くに戻っていった。

五　玉響《たまゆら》

日射《ひざ》しが強くなった。天に澄《す》んだ青が漲《みなぎ》っている。

暑くて仕事はきつくなってきたが、宮も、もう九分通《くぶどお》り完成した。

あとは仕上《しあ》げをして、神主《かんぬし》を呼んで杵築祭《こつきさい》をするだけだ。

杵築祭《こつきさい》は、山人《やまびと》達が新しい宮の土地に清浄な土を運び入れ、神主《かんぬし》が神歌を歌いながら杖《つえ》で柱の根本を突き固める、宮の新築《しんちく》祝いである。菟原娘子《うないおとめ》も新しい敷地《しきち》を踏み鎮《しず》め、手玉《てだま》を振り鳴らして舞を奉納《ほうのう》することになっている。

すでに萱《かや》で屋根は覆《おお》われ、新しい萱《かや》の良い香《かお》りが、爽《さわ》やかに広場に満《み》ちている。

若者達の表情は明るかった。

今年の秋祭りは、新しい宮で迎《むか》えられるだろう。

持《も》ち飯《いい》を抱《かか》えて里の娘達が行くと、若者達は陽気に迎え入れた。この頃では娘達も自分達の持《も》ち飯《いい》を持ってきて、一緒に食べるようになっていた。

若者達が談笑している輪を離れて、菟原娘子《うないおとめ》は広場の隅《すみ》の大きな木の陰《かげ》に寄《よ》りかかっていた。

一人の青年が向こう側から広場を突《つ》っ切《き》って、一直線に菟原娘子《うないおとめ》に近づいてくる。里の若者達がそれを見つけて、咎《とが》めるように何かささやきあっている。山人《やまびと》達も気づいて指差《ゆびさ》し、その方向をキギシは心配そうな顔で振り返った。

だが青年は、気にも留《と》めない。

茅渟壮士《ちぬおとこ》だった。

菟原娘子《うないおとめ》の目の前に立つと、青年は、ほっそりした腕を突《つ》き出す。

「え？」

戸惑《とまど》っている菟原娘子《うないおとめ》の手を、いつかの甲虫を掴《つか》むようにそっと掴《つか》むと、彼女の掌《てのひら》に、何かを転《ころ》がした。

「あげる」

そのまま、青年は立ち去った。

ゆっくり指を開くと、夏空を切り取ったような青い玉だった。

少し白い模様《もよう》が入っている。

丁寧《ていねい》に磨《みが》き上げられ、隅《すみ》に小さな穴が開けてある。

菟原娘子《うないおとめ》の掌《てのひら》の上の青い玉は、ちらちら揺《ゆ》れる木洩れ日《こもれび》を受けて、きらりと光った。
どこかの山奥にあった石だろうか。
山人《やまびと》は翡翠《ひすい》や瑪瑙《めのう》などの石を、特別な砂を使って磨《みが》き上げると聞いたことがある。
青年がこの青い石を拾って自分で磨《みが》き、小さな穴をあけたのだろうか。
それは菟原娘子《うないおとめ》には想像もできないほど、根気《こんき》のいる作業に思われた。

家に帰ると、菟原娘子《うないおとめ》は竹で編まれた自分の小筥《こばこ》を取り出して探した。
底の方にしまっておいた茜《あかね》色の紐《ひも》を見つけると、青い玉の穴に通した。
菟原娘子《うないおとめ》は自分の首にかけてみた。
喉《のど》のあたりに、冷たい滑《なめ》らかな感触《かんしょく》がある。心地《ここち》よかった。
(明日の杵築祭《こつきさい》の前夜祭《ぜんやさい》には、これを付けていこう)
菟原娘子《うないおとめ》は思った。

その夜更《よふ》け、菟原娘子《うないおとめ》の家の葦垣《あしがき》に佇《たたず》んでいたのは、茅渟壮士《ちぬおとこ》ではなかった。
菟原壮士《うないおとこ》が、彼としては珍しく寝付《ねつ》けずに、家を抜け出してここまで来てしまったのだ。

その日、里の若者達が菟原壮士《うないおとこ》の家に集まり、遅くまで話し込んでいた。彼らは広場で茅渟壮士《ちぬおとこ》が菟原娘子《うないおとめ》に近づき、大胆《だいたん》にもその手まで取ったことを、口々に憤《いきどお》っていた。

今まで里の若者達は、卑《いや》しい山人《やまびと》の若者のことなど、気にも止めていなかった。

その日初めて彼等は茅渟壮士《ちぬおとこ》の気持ちに気づき、驚き憤慨《ふんがい》した。

「この里の大切な神の姫に馴《な》れ馴《な》れしく近づくなんて、何と言う奴《やつ》だ」

「身《み》の程《ほど》知らずもはなはだしい」

「このまま大人《おとな》しく山へ帰るなら見逃《みのが》してやってもいいが、今度こんなことをしたら、ただではおかないぞ」

「神の姫によそ者が手を出すなんて、絶対に許せるものか」

よそ者、という言葉に、若者達は互いに大きく頷《うなず》き合った。

葦《あし》の屋《や》の里は、海の幸《さち》にも山の幸《さち》にも恵まれ、豊かな川の流れている土地だ。

昔から、この里を奪《うば》い取ろうとする者は絶えなかった。

葦《あし》の屋《や》の人々は、濠《ほり》を巡《めぐ》らし物見櫓《ものみやぐら》を立てて、よそ者達から里を守ってきたのだ。

神の姫によそ者が手を出したという噂《うわさ》が立ち、葦《あし》の屋《や》の男達は腰抜《こしぬ》けだと言われたら、これから周りの里に、どんなことをされるかわからない。

若者達は盛《さか》んに菟原壮士《うないおとこ》に息巻《いきま》いて、帰っていった。
菟原壮士《うないおとこ》も思いは同じだった。
自分が神の姫を守ってみせる、という気概《きがい》もあった。
だが、里の若者達がまだ気づいていない事がある。
それが今、深夜の葦垣《あしがき》に佇《たたず》む菟原壮士《うないおとこ》の心を、じりじりと炎の舌のように焙《あぶ》っていた。
菟原娘子《うないおとめ》も、あの男を見つめているのだ。
菟原壮士《うないおとこ》は闇を睨《にら》み据《す》えた。
（嫌《いや》だ。絶対に、嫌《いや》だ。
あんな男に菟原娘子《うないおとめ》を渡してなるものか。
菟原娘子《うないおとめ》は、私が妻にするのだ。
それでないと……
それでないと菟原娘子《うないおとめ》は、神の妻になってしまう……）
ふいに後ろから肩に手を置かれて、菟原壮士《うないおとこ》は飛び上がるほど驚いた。
思わず腰の太刀《たち》に手を掛《か》け振り返ると、そこには里長《さとおさ》がいた。
「神の代《か》わりに、なるそうだね」

里長《さとおさ》はしずかに語りかけた。

「はい。私は必ず、里長《さとおさ》のような立派な男になります」

里長《さとおさ》は、吐《は》き捨てるように言った。

「私のような男には、なるな」

威厳《いげん》の込もった烈《はげ》しい響《ひび》きに、菟原壮士《うないおとこ》は、自分が叱責《しっせき》された気がした。

菟原壮士《うないおとこ》は気圧《けお》されて、声も出ない。

里長《さとおさ》は、押《お》し殺《ころ》した声で続けた。

「この先何人の里人《さとびと》を救ったとて、それが何になるだろう。

私は、たったひとりの自分の娘も救えないのだ。

ごく普通の里人達《さとびと》さえ、我が子のことは守り抜くというのに。

私は……立派な男などではない」

暗闇《くらやみ》で里長《さとおさ》の顔は見えない。

里長《さとおさ》の声は、断崖《だんがい》の上から聞こえてくるようだった。

「里長《さとおさ》。私は必ず菟原娘子《うないおとめ》を守ります」

暗闇《くらやみ》に向かって一礼すると、菟原壮士《うないおとこ》は家に帰った。

広場の真《ま》ん中《なか》に大きな焚火《たきび》が燃えている。燦然《さんぜん》と輝く星々の彼方《かなた》の漆黒《しっこく》の夜空《よぞら》に、ぱちぱちと火《ひ》の粉《こ》が舞い上がる。

杵築祭《こつきさい》の前夜祭《ぜんやさい》だ。

里人《さとびと》も山人《やまびと》も老人も若者も、みんな広場に集まっていた。

幾つもの大甕《おおがめ》に満たされた酒がふるまわれ、酔いが回るにつれて祝宴も酣《たけなわ》になった。太鼓を叩く者、竹笛を吹き鳴らす者もいる。広場のあちこちから手拍子《てびょうし》が起こり、焚火《たきび》を囲んで歌い踊る人々の輪ができた。

闇《やみ》に燃える焚火《たきび》は人々を照らし出し、広場に響《ひび》き渡る音楽は人々の心を掻《か》き立てた。

とうとう宮作りの仕事は終わり、新しい自分達の宮ができたのだ。

喜びに心満たされ、何もかも忘れて人々は歌い踊った。

夜がふけると歌い踊って気持ちの通じた男と女は、思い思いに物陰《ものかげ》に消えていった。酔いつぶれた人々は、気にもしない。菟原娘子《うないおとめ》は、こんなに遅くまで宴に残ったのは初めてだった。

明日の杵築祭《こつきさい》が終わったら、菟原娘子《うないおとめ》はしばらく森の傍《そば》に建てられた仮庵《かりいお》に籠《こも》る。

十日後に、古い宮から新しい宮に神の霊《みたま》を遷《うつ》す「宮遷《みやうつ》しの式」が行われる。それまで菟原娘子《うないおとめ》は一人で仮庵《かりいお》に籠《こも》り、式に備《そな》えるのだ。

菟原娘子《うないおとめ》は、突然《とつぜん》腕を掴《つか》まれた。

振り返ると、菟原壮士《うないおとこ》だった。

菟原壮士《うないおとこ》は昨晩、ほとんど寝られなかった。今夜は相当飲んだらしく、かなり酔っている。だがそれでも日ごろの礼儀正しさは、失っていなかった。

「大丈夫だから。怖《こわ》がらないで」

大きく腕を広げて、菟原壮士《うないおとこ》は優しく菟原娘子《うないおとめ》を抱きしめた。反射的に、菟原娘子《うないおとめ》は振《ふ》り解《ほど》こうともがいた。何故《なぜ》だか自分でもわからない。小さい頃から一緒だった菟原壮士《うないおとこ》は、嫌《きら》いではなかった。胸に青い玉が、光って揺《ゆ》れた。

と、細くしなやかな腕が、菟原壮士《うないおとこ》の逞《たくま》しい腕を掴《つか》んだ。

「おのれ。放《はな》せ」

菟原壮士《うないおとこ》は呻《うめ》いて振り払い、思い切り拳《こぶし》を突《つ》きだした。拳《こぶし》は鈍《にぶ》い音をたてて茅渟壮士《ちぬおとこ》の左頬《ひだりほほ》にめり込んだ。

次の瞬間、菟原壮士《うないおとこ》は顎《あご》に鋭い痛みを感じた。

菟原壮士《うないおとこ》の拳《こぶし》を受けながら、茅渟壮士《ちぬおとこ》が菟原壮士《うないおとこ》の懐《ふところ》に飛び込み、喉元《のどもと》から拳《こぶし》を突《つ》き上げたのだ。

二人は両肩を捕《と》らえて取っ組み合った。幾度かつかみ合ったまま殴《なぐ》り合い、腹部に茅渟《ちぬ》壮士《おとこ》の拳《こぶし》が深く突き刺さるのを感じると、菟原壮士《うないおとこ》はぱっと跳び退《の》き、腰の太刀《たち》を抜き、茅渟壮士《ちぬおとこ》に斬《き》りつけた。

茅渟壮士《ちぬおとこ》は消えた。

ぱしっと乾《かわ》いた音を立てて、太刀《たち》が虚《むな》しく地面に突き刺さった。

菟原壮士《うないおとこ》は地面から太刀《たち》を引き抜き、暗闇《くらやみ》に気配《けはい》を探《さぐ》った。

草一本、揺《ゆ》らいではいない。

(信じられない……)

菟原壮士《うないおとこ》は目を瞬《しばた》かせた。

だが、いきなり背骨が折れるほど強い衝撃《しょうげき》を受け、菟原壮士《うないおとこ》は前にのめった。

(いつの間に)

菟原壮士《うないおとこ》は驚愕《きょうがく》した。

背後に回った茅渟壮士《ちぬおとこ》が、菟原壮士《うないおとこ》の両方の肩甲骨《けんこうこつ》の下を狙《ねら》い澄《す》まし、体ごと突《つ》っ込んできたのだ。

震《ふる》えに近い激痛が全身を貫《つらぬ》き、息が詰《つ》まり肺が潰《つぶ》れたかと思ったが、必死で踏み堪《こた》え、振り向きざまに菟原壮士《うないおとこ》は、太刀《たち》を思い切り振り払った。

菟原壮士《うないおとこ》の太刀《たち》と茅渟壮士《ちぬおとこ》の山刀が激突《げきとつ》した。鋭い金属音が響《ひび》く。

菟原壮士《うないおとこ》はひそかに快哉《かいさい》を叫んだ。

山刀は短い。

間合《まあ》いなら、自慢《じまん》の太刀《たち》に到底及《とうていおよ》ばない。

菟原壮士《うないおとこ》は素早《すばや》く太刀《たち》を振りかざすと、渾身《こんしん》の力を込めて斬《き》り下げた。

柄《つか》を握《にぎ》る手に、ザキッと骨に当たる手応《てごた》えがあった。

その時、閃光《せんこう》のように、迷いが走った。

さっき自分の背中を衝《つ》いたのは、茅渟壮士《ちぬおとこ》の拳《こぶし》だった。

太刀《たち》を振りかざす自分と、山刀で凌《しの》ぐ茅渟壮士《ちぬおとこ》。

菟原壮士《うないおとこ》は、真正直《ましょうじき》な男だった。

思わず太刀《たち》の勢《いきお》いが止まった次の瞬間、茅渟壮士《ちぬおとこ》は、左肩先から血しぶきを上げて地面に沈《しず》んだ。

「やめてえええ……」

喉《のど》が張《は》り裂《さ》ける程の大声で、菟原娘子《うないおとめ》が叫んだ。

「やめないと、
やめないと、私……」

菟原壮士《うないおとこ》は菟原娘子《うないおとめ》を振り返った。

菟原娘子《うないおとめ》の顔は、蒼白《そうはく》だった。全身をわなわなと震《ふる》わせている。

菟原壮士《うないおとこ》は菟原娘子《うないおとめ》に向かって駆《か》けだそうとした。だが、背後から強い力で押《お》し戻《もど》され、身動きがとれない。振り返ると、どくどく肩から血を噴《ふ》き出《だ》し続けながら、茅渟壮士《ちぬおとこ》が自分に武者《むしゃ》ぶり付《つ》き、なおかつ押しのけて前に出ようとしていた。血の気《け》の失《う》せた頬《ほほ》には乱れた髪と血がこびり付き、両目は龍《りゅう》のように爛爛《らんらん》と耀《かがや》いて前方を見詰《みつ》めている。菟原壮士《うないおとこ》は唸《うな》り声をあげ、茅渟壮士《ちぬおとこ》を突《つ》き飛《と》ばして菟原娘子《うないおとめ》に駆《か》け寄《よ》ろうとした。

「やめて！　来ないで！」

身を絞《しぼ》るように、菟原娘子《うないおとめ》は叫んだ。

二人の男は、同時に菟原娘子《うないおとめ》を見た。

「駄目。

来ないで。

二人とも、来ては駄目！」

菟原娘子《うないおとめ》は烈《はげ》しく首を振って二、三歩後退《あとずさ》った。

菟原娘子《うないおとめ》は目を大きく見開き、がたがた震《ふる》えながら、訴えるように二人の男に向かって首を横に振った。

何かただならぬものを感じて、二人の男は動くに動けずその場に凍り付いた。

菟原娘子《うないおとめ》は、再《ふたた》び裂《さ》ける声を放《はな》った。

「駄目。来ないで！　こっちに来ては、駄目！」

最後に二人の男をかなしげに見遣《みや》ると、菟原娘子《うないおとめ》は身を翻《ひるがえ》して走り去った。

男達は彼女の消えた暗闇《くらやみ》を見詰《みつ》めていた。

走りながら菟原娘子《うないおとめ》は青い玉を首からはずし、失《な》くさないように、右手にしっかりと握《にぎ》り締《し》めた。

（失《な》くさないように……）

今までそう思ったことが一度も無かったと気づき、彼女は自分に驚いた。
神の姫には、失《な》くしてならないものは、無かった。
菟原娘子《うないおとめ》は、自分の家に向かって駆けていた。
四年前の老人の声が、虚空《おおぞら》に響《ひび》き渡った。
「今の姫がいなくなったら、この里は、いったいどうなると思うか?」
月光が辺《あた》りに濃い影《かげ》を作っていた。
物見櫓《ものみやぐら》も、倉《くら》の高床《たかゆか》の下の柱も、家々も、不気味《ぶきみ》なほど長くて暗い影を落としている。
森も道の奥も、果《は》てしなく暗い。
神の姫がいなくなった里。
里の人々の、数多《あまた》の思い詰めた硬い表情が、菟原娘子《うないおとめ》を取り囲み、迫《せま》ってくる。
その表情の裏にある、数知れぬ剥《む》き出《だ》しの恐怖を、彼女はまざまざと見た。
(ああ、そうだ。
だからお兄様は、あんなにも私を守ろうとしてくれたのだ……)
その瞬間、菟原娘子《うないおとめ》には両親の心も菟原壮士《うないおとこ》の思いも、隅々《すみずみ》まで見通せる気がした。
菟原壮士《うないおとこ》の懐《なつ》かしい優しい顔が、遥《はる》かに遠ざかっていく。

菟原娘子《うないおとめ》の心は引《ひ》き裂《さ》かれそうだった。

家に駆《か》け戻《もど》った菟原娘子《うないおとめ》の取《と》り乱《みだ》した様子《ようす》に、子供達を寝かせて残っていた母親は、小さく叫んだ。

里長《さとおさ》は、明日の杵《こ》築祭《つきさい》の打ち合わせのため神主《かんぬし》の家に行っている。今頃は話し好きな神主《かんぬし》を囲んで、長老たちと酒を酌《く》み交《か》わしていることだろう。

「いったいどうしたの。お前」

「こんな……こんな私のために、立派な男の人達が争っているなんて。私、どうしたらいいのでしょう。

生きていても、到底《とうてい》お逢《あ》いすることができないならば……そうだ、いっそのこと、黄泉《よみ》に行ってお待ちしましょう」

「いったい、何を言っているの？　お前。

生きていても逢《あ》うことができないなんて、誰のことですか？

そんなこと、あるはずがないじゃない。

しっかりして」

叫ぶように娘に言って聞かせる母親の言葉も耳に入らず、菟原娘子《うないおとめ》はそのまま家にも入らず再《ふたた》び外に出て行こうとした。

母親は必死で彼女に取りすがったが、菟原娘子《うないおとめ》はふわりと母親の両腕を離れ、そのまま暗闇《くらやみ》に進んでいった。

足には何も履《は》いておらず、夜目《よめ》にも白い二つの足裏《あしうら》が、まるで蝶々が飛んでいくようにひらひらと、母親の眼に残った。


菟原娘子《うないおとめ》は、そのまま里を出て川沿《かわぞ》いの細い坂道を辿《たど》り、山に向かった。

険《けわ》しい山道は、崖《がけ》を滴《したた》る水に泥濘《ぬかる》んでいた。

頭上を木々が覆《おお》い、辺《あた》りは墨のように暗い。

足元さえ見えなかった。

菟原娘子《うないおとめ》は泥濘《ぬかるみ》に足を踏《ふ》み貫《ぬ》き、笹《ささ》に手足を切られた。

黒々とした茂みから蛙《かえる》や虫の音《ね》が聞こえる。甲高《かんだか》い怪《あや》しい鳥の声が、いろいろな方角から聞こえた。

夜の山は、不気味《ぶきみ》な音に満ちている。

だが菟原娘子《うないおとめ》は、気味悪《きみわる》さも手足の痛みも全く感じず、何も考えられないままに山道を登っていった。

川の流れが聞こえる。

崖《がけ》だ、と菟原娘子《うないおとめ》は目を凝《こ》らした。

崖《がけ》の下の谷底に、川が流れていた。

暗い藍《あい》色をたたえた川波に月光が砕《くだ》け、たくさんの金色の光のかけらとなって、波頭《なみがしら》にさらさらと揺《ゆ》れている。

深い谷底のそこだけが、眩《まぶ》しいほどに明るかった。

せわしなく瞬《またた》くその光が、菟原娘子《うないおとめ》には懐《なつ》かしくてたまらなかった。

遠い日、自分がまだ神の姫でも娘子《おとめ》でもなかった時に、見たことがある……

山河《やまかわ》の水を潜《くぐ》り
藻《も》の揺《ゆ》れる水底《みなそこ》に沈《しず》む
力を込めて羽《は》ばたくように生き生きと光を放《はな》ち
輝いている　美しい鏡

吸《す》い寄《よ》せられるように彼女の両足は崖《がけ》を離れ、そのまま菟原娘子《うないおとめ》は川に身を投げた。右手には、しっかりと青い玉が握《にぎ》り締《し》められていた。

茅渟壮士《ちぬおとこ》は、木陰《こかげ》に腰かけていた。左肩の傷口はキギシが麻布《あさぬの》できつく巻《ま》いてくれた。肩の辺《あた》りは熱く腫《は》れあがって痛み、肘《ひじ》から下は全く動かない。目が冴《さ》えて仕方《しかた》がなかったはずなのに、いつの間《ま》にか、うとうとしていた。

「黄泉《よみ》に行ってお待ちしております」

耳元に細い声が聞こえて、茅渟壮士《ちぬおとこ》は目を開いた。

目の前に、ぼんやりと白い影《かげ》が見えた。

茅渟壮士《ちぬおとこ》には、それが菟原娘子《うないおとめ》だとすぐに分かった。茅渟壮士《ちぬおとこ》は菟原娘子《うないおとめ》に微笑《ほほえ》みかけた。

菟原娘子《うないおとめ》は、嬉《うれ》しそうに微笑《ほほえ》んだ。

右手にしっかりと青い玉を握《にぎ》り締《し》めている。

（気に入ってくれたんだな）

茅渟壮士《ちぬおとこ》は、嬉《うれ》しかった。

跳《は》ね起《お》きて、茅渟壮士《ちぬおとこ》は菟原娘子《うないおとめ》を追いかけた。左肩のことは、忘れた。

菟原娘子《うないおとめ》も嬉《うれ》しそうに笑って、ふわりと浮かんだ。

茅渟壮士《ちぬおとこ》はまっしぐらに菟原娘子《うないおとめ》を追った。

彼女が生きているのかどうか、そんなことは、茅渟壮士《ちぬおとこ》にはどうでも良かった。

菟原娘子《うないおとめ》が自分に会いに来てくれた、青い玉を握《にぎ》り締《し》めていてくれた、それが嬉《うれ》しくて仕方《しかた》がなかった。

茅渟《ちぬ》の荒れ野で泣いていた子供の時から、天涯孤独《てんがいこどく》の身だ。その自分に、今は命を懸《か》けて会いに来てくれる人がいる。


茅渟壮士《ちぬおとこ》は幸福だった。

白い影《かげ》は、蝶々のようにふわふわと飛んで行く。

どうやら山の方へ行くみたいだ。

いいぞ、山なら慣れている。

蝶々を追いかけるのは、子供の頃から得意技《とくいわざ》だ。

茅渟《ちぬ》壮士《おとこ》は、裸足《はだし》で駆《か》けだしていった。

菟原娘子《うないおとめ》は、幸せだった。

崖《がけ》から身を投げた刹那《せつな》、ふわりと魂が身から離れた。

気が付いてみると、恋しい人が目の前に眠っていた。

その華奢《きゃしゃ》な横顔に向かって、生きている時、言いたくても決して言えなかった言葉を、思《おも》いの丈《たけ》を込《こ》めて言うことができた。

そうしたら、恋しい人は目を開けて、自分に微笑《ほほえ》んでくれた。

大好きだったその笑顔。それを見ただけで、菟原娘子《うないおとめ》は幸せだった。それなのに茅渟《ちぬ》壮士《おとこ》は跳《は》ね起《お》きて、一生懸命自分を追いかけてくれている。

青年は嬉《うれ》しくてたまらないように、満面《まんめん》の笑顔をうかべている。その子供に返ったような笑顔を見ながら、恋人と追いかけっこをしている瞬間、菟原娘子《うないおとめ》は、今までで一番幸せだ、と感じた。

菟原娘子《うないおとめ》の全身を美しい白い光が包み、菟原娘子《うないおとめ》は生涯で一番美しく微笑《ほほえ》みながら、ふっと崖《がけ》を離れた。

茅渟壮士《ちぬおとこ》は美しい白い光に見とれて、思わず右手を高く差し伸べ、蝶々を捕《と》らえるようにそれを捕《つか》まえようとした。

白い光はその瞬間、確《たし》かに茅渟壮士《ちぬおとこ》の掌《てのひら》の中で輝き、茅渟壮士《ちぬおとこ》は掌《てのひら》に、滑《なめ》らかな硬《かた》いものを感じた。

「魂《たま》会へば相見《あひみ》るものを」

耳元に、涼やかな菟原娘子《うないおとめ》の声が響《ひび》いた。

右手に青い玉を握《にぎ》り締《し》め、茅渟壮士《ちぬおとこ》は深い川の流れに微笑《ほほえ》みながら身を躍《おど》らせた。


里の方で騒がしい物音《ものおと》がして、広場で大の字になって寝ていた菟原壮士《うないおとこ》は起き上がった。

あの直後、菟原壮士《うないおとこ》は地面にどうと倒れ、そのまま意識を失った。

強い酔いと深い疲労とが、極限《きょくげん》に達《たっ》したのである。

(東の空が白《しら》んでいる。

暁《あかつき》らしい。

今日は宮の杵築祭《こつきさい》だったな)

眠りから覚《さ》めやらぬ頭で、菟原壮士《うないおとこ》は考えた。

昨日の菟原娘子《うないおとめ》の姿も、茅渟壮士《ちぬおとこ》との争いも、その時は忘れていた。

これで山人《やまびと》達は山に帰る。

そんなことを、菟原壮士《うないおとこ》は、ぼんやりと、まだ考えていた。

里の若者達が、自分に向かって駆《か》け寄《よ》りながら、何か喚《わめ》いている。

「落ち着け。いったいどうしたのだ」

着いた途端《とたん》、ゼイゼイ咳《せ》き込《こ》んでいる若者に、菟原壮士《うないおとこ》は声をかけた。

「菟原娘子《うないおとめ》がいないんだ」

「何？」

次々に菟原壮士《うないおとこ》のもとに駆《か》け寄《よ》った里の若者達が、口々に訴えた。

「昨夜からずっと帰ってこないと、菟原娘子《うないおとめ》のおばさんが泣き叫び続けている」

「なんだって？」

「菟原娘子《うないおとめ》のおばさんが、夜中《よなか》に神主《かんぬし》の家に駆《か》け込《こ》んだんだ」

「里の衆は総出《そうで》で今、菟原娘子《うないおとめ》を探している」

「菟原娘子《うないおとめ》は、黄泉《よみ》に行ってお待ちしましょう、と言ったそうだ」

目を剥《む》いて、菟原壮士《うないおとこ》は尋《たず》ねた。

「ええ？　いったい、どういうことだ」

「茅渟壮士《ちぬおとこ》も、姿が見えないんだ」

「待てっ。それは本当か」

菟原壮士《うないおとこ》は思わず若者の胸倉《むなぐら》を掴《つか》んだ。苦しそうに頷《うなず》く若者。

菟原壮士《うないおとこ》は天を振《ふ》り仰《あお》いだ。空は次第に明るくなってきている。

「遅れたかっ」

菟原壮士《うないおとこ》は叫び、地団駄《じだんだ》を踏《ふ》んで歯《は》ぎしりした。

「あんな奴《やつ》に、負けてたまるかっ」

大声で怒《ど》鳴《な》り、いきり立って、太刀《たち》を取《と》り佩《は》き、まっしぐらに駆《か》けだしていった。

「何が何でも、あの男にだけは、菟原娘子《うないおとめ》を渡せない。

あんなよそ者に神の姫を奪《うば》われたら、周りの里の奴《やつ》らは、さぞかし面白おかしくこの里を嘲笑《あざわら》うだろう。

葦《あし》の屋《や》に壮士《おとこ》はいないのかと、後々までも馬鹿にするだろう。

そうなれば、この菟原壮士《うないおとこ》の名《な》が折《お》れる。

そもそもあんな貧しい山人《やまびと》が、菟原娘子《うないおとめ》を幸せになど、出来るものか。

小さい頃から、菟原娘子《うないおとめ》を一番わかっているのは、この私だ。

神の姫を妻にできるのは、私だけだ。

葦《あし》の屋《や》の里と神の姫を守るのは、この菟原壮士《うないおとこ》だ」

菟原壮士《うないおとこ》は、かっと頭に血が上った。

「何としても、取《と》り返《かえ》さずにおくものか。命に代《か》えても、菟原娘子《うないおとめ》を奪《うば》い返《かえ》してみせるぞ」

菟原壮士《うないおとこ》は広場を突《つ》っ切り、走りに走った。

(茅渟壮士《ちぬおとこ》の行先《いきさき》なら、見当《けんとう》はつく)

菟原壮士《うないおとこ》には茅渟壮士《ちぬおとこ》の考えが、手に取《と》るように分かった。

(あの男の行先《いきさき》は、山しか無い。

……もしかすると、私はあの男を、誰よりも知っているのかも知れない)

瞬間、そんな考えが、菟原壮士《うないおとこ》の頭を過《よ》ぎった。

(なにしろあの男の強さを知っているのは、あの男と闘《たたか》った、私だけだからな)

(一刻も早く、追いつかなければ)

目の前に、聖域《せいいき》の森の小道があった。

(許しなくここに入った者は、生きては帰れない)


幼い頃から繰《く》り返《かえ》し言い聞かされてきた、禁域《きんいき》の森だ。

(だが、真《ま》っ直《す》ぐここを行かなければ、到底《とうてい》あの男に追いつけない)


菟原壮士《うないおとこ》はためらうことなく、禁域《きんいき》の森を突き進んだ。

澄《す》んだ泉の傍《かたわ》らを駆け抜け、太い木の根を幾つも踏み越えた。

水しぶきを顔に浴びて見上げると、遥《はる》かな崖《がけ》の上から大量の水が盛《も》り上がって、ごうごうと音立てて石走《いわばし》り、白木綿花《しらゆうばな》のように落《お》ち滾《たぎ》っていた。

道は滝のすぐ脇の岩場から、急な上り坂になった。

この坂を上れば、森を迂回《うかい》するいつもの道に行き着くはずだ。

獣道《けものみち》のような小道だった。

腰まで埋《う》める夏草や押しかぶさってくる蔓《つる》を太刀《たち》で薙《な》ぎ払《はら》い、重なる枝々を切《き》り払《はら》って菟原壮士《うないおとこ》は進んだ。強い藤蔓《ふじづる》も太い枝も、菟原壮士《うないおとこ》の太刀《たち》は一振《ひとふ》りで断《た》ち切《き》った。

一瞬でも太刀《たち》を止めたら、腸《はらわた》を捩《よじ》る憤怒《ふんぬ》で身体が弾《はじ》け飛びそうだった。

茅渟壮士《ちぬおとこ》が、憎くてならなかった。

(弓でも太刀《たち》でも、私が挑《いど》みかかろうとするとひらりと身をかわし、あんな深傷《ふかで》を負わせたのに、なおも私を押しのけて、前に行こうとする。

今度は菟原娘子《うないおとめ》まで攫《さら》って行ってしまった)

向こうは欲しいものを手に入れ、自分だけがこれほど苦しみ喘《あえ》いでいる……そう思うと、煮《に》えくり返《かえ》る思いだった。

(今度こそ、茅渟壮士《ちぬおとこ》を引きずり倒し、地をのたうち回るほど痛めつけてやる。生木《なまき》を裂《さ》くように菟原娘子《うないおとめ》を引《ひ》き剥《は》がし、私が舐《な》めてきた辛《つら》さと悲しみを、嫌《いや》というほど思い知らせてやる)

菟原娘子《うないおとめ》を失ってしまった、という実感が、まだ彼には、どうしても湧《わ》かなかった。

(昨日まで、あんなに傍《そば》にいたのに)

もう取り戻《もど》せないかもしれない、と押《お》し寄《よ》せてくる不安と、そんなはずはない、と打《う》ち消《け》そうとする意地《いじ》とが菟原壮士《うないおとこ》の中で激しくぶつかり合い、憎しみはますます迸《ほとばし》った。

大きく見開かれた目は血走《ちばし》り、太い眉は眉間《みけん》に迫《せま》って吊《つ》り上《あ》がり、菟原壮士《うないおとこ》はぎりぎりと歯噛《はが》みしながら、道らしい道も無い禁忌《きんき》の森を、手当《てあ》たり次第《しだい》に薙《な》ぎ払《はら》っていった。

太刀《たち》は凄《すさ》まじい勢《いきお》いで行く手を切り開いた。

枝や葉が飛び散るたびに、鋭い切《き》っ先《さき》に光が閃《ひらめ》いた。

あまりに素早《すばや》いその太刀《たち》捌《さば》きに、まるで森は自《おのずか》ら左右に分かれ、菟原壮士《うないおとこ》のために、道を開いているかのようだった。


菟原壮士《うないおとこ》は険《けわ》しい山を一気《いっき》に駆《か》け上がった。

手足が千《ち》切《ぎ》れるほど痺《しび》れ、息が上がって死ぬかと思った。

それでも構《かま》わず駆けていると、
突然、心がしんと研《と》ぎ澄《す》まされ、木々の香りや土の匂いが流れ込んできた。

早朝の山の冷気が、菟原壮士《うないおとこ》の肺腑《はいふ》を蒼《あお》く浸《ひた》した。

駆け続ける菟原壮士《うないおとこ》は、自分が風の流れの中にすとんと入って、滑《すべ》るように進んでいく気がした。

菟原壮士《うないおとこ》の頭は、冴《さ》えに冴《さ》えた。

いつしか菟原壮士《うないおとこ》は、里人達《さとびと》を忘れ、あんなに激しかった自分の怒りを忘れていた。
視界が開けた。
菟原壮士《うないおとこ》の上ってきた急坂は、崖《がけ》の上でいつもの山道に出た。
振り返ると、眼下に深々とした森が広がっている。
森の向こうに宮と広場が見え、濠《ほり》に囲まれた里の集落が見えた。
あの里に二度と帰れないことを、菟原壮士《うないおとこ》は知っていた。
(禁域《きんいき》の森を、自分は駆け抜けたのだ)
だが、菟原壮士《うないおとこ》に悔《く》いる気持ちは、ひとかけらも無かった。
菟原壮士《うないおとこ》は太刀《たち》を高くかざして見た。
太刀《たち》は草の汁《しる》を滴《したた》らせ、細《こま》かい葉くずにまみれている。
太刀《たち》の雫《しずく》を振り払って、菟原壮士《うないおとこ》は辺《あた》りを見回した。
(誰もいない)
山頂までの道にも、周りの林にも、人の気配《けはい》は無かった。
空は、濃紺《のうこん》に見えるほど青く澄《す》み切《き》っていた。

（すべてを失《うしな》ってしまった……）

今、潮《しお》が満《み》ちるようにひしひしと、莵原壮士《うないおとこ》は、そう感じ始めていた。

（だが……

まさかあんな山刀しか持たぬ茅渟壮士《ちぬおとこ》が、太刀《たち》を帯《お》びたこの私に立ち向かってくるなんて）

右手に太刀《たち》を引《ひ》っ提《さ》げ、崖際《がけぎわ》にすっくと立った莵原壮士《うないおとこ》は、呆《あき》れて笑い出しそうになった。

（それにしても、どうしてあの男は、あの時、私の背中を山刀で斬《き》りつけなかったのだろう）

山刀の茅渟壮士《ちぬおとこ》に太刀《たち》でとどめを刺すような卑怯《ひきょう》な真似《まね》をしなかった自分に、莵原壮士《うないおとこ》は心から満足していた。

（それでこそ、里一番の壮士《おとこ》と謳《うた》われた、莵原壮士《うないおとこ》だ。

誰にも恥《は》じることは無い）

自分でも不思議《ふしぎ》なことに、莵原壮士《うないおとこ》は今なら、莵原娘子《うないおとめ》が自分を嫌《きら》っていたわけではないことを、信じられる気がした。

菟原娘子《うないおとめ》が最後に見せた、途方《とほう》に暮《く》れた、かなしげな表情。

（私が守り抜こうとしたことを、菟原娘子《うないおとめ》は、知っている）

菟原壮士《うないおとこ》は生来朗《せいらいほが》らかな、人を信頼する男だった。


その時菟原壮士《うないおとこ》の目の前に、菟原娘子《うないおとめ》と茅渟壮士《ちぬおとこ》の面影《おもかげ》が立《た》ち現《あらわ》れた。

空よりも森よりも、それはありありと近く感じられた。

茅渟壮士《ちぬおとこ》が、爛爛《らんらん》とかがやく両眼で、真《ま》っ直《す》ぐにこちらを見ている。

括《くく》った髪を山の風に靡《なび》かせ、その顔は晴れやかに澄んでいた。

茅渟壮士《ちぬおとこ》が、片方の唇《くちびる》の端《はし》をわずかに上げてみせた。

「呆《あき》れたやつだ。まだ戦い足《た》りないと見える……」

つぶやきながら菟原壮士《うないおとこ》は、四肢《しし》に再《ふたた》び猛々《たけだけ》しい力が滾《たぎ》ってくるのを感じた。

菟原壮士《うないおとこ》は太刀《たち》を握《にぎ》り締《し》めた。

「おうっ、今、行くぞ」

雄叫《おたけ》びを上げて、菟原壮士《うないおとこ》は崖《がけ》に飛び込んだ。

川の下流の河原に、三人の亡骸《なきがら》が流れ着いた。三人とも水を飲んでいなかったのだろうか、きれいな体であった。親族《うから》達は河原に行《い》き集《つど》って亡骸《なきがら》を棺《ひつぎ》に納《おさ》め、崖《がけ》沿《ぞ》いの洞《ほら》に運んで殯《もがり》に付《ふ》した。

十日後の朝のことである。

風が涼しくなってきた里の道を、神主《かんぬし》が里長《さとおさ》の家まで歩いていた。

神主《かんぬし》は里長《さとおさ》の戸口に立つと、声をかけた。

「宮遷《みやうつ》しの式に、行ってくるよ」

宮遷《みやうつ》しの式は今宵《こよい》、篝火《かがりび》の下で行われる。

今日はこれから式に使う品々を揃え、手順を里人達と確認した後、式に備えて心身を清めなればならない。

家の中は冷たく、暗かった。

里長《さとおさ》が床《とこ》に臥《ふ》せっているという話を、神主《かんぬし》は聞いていた。碌《ろく》に眠れていないという。

しばらく待つと、戸口に近づいてくる者の足音がした。

「すみません、神主《かんぬし》様。

せっかくの宮遷《みやうつ》しの式なのに、
里長《さとおさ》の私も、菟原壮士《うないおとこ》の家の者達も、喪中《もちゅう》で参上《さんじょう》できず……」

里長《さとおさ》の声が、家の中から聞こえた。朝の影《かげ》のように細々《ほそぼそ》とした、力の無い声だった。

神主《かんぬし》が死の穢《けが》れに触《ふ》れるのを憚《はばか》って、その姿は見せない。

神主《かんぬし》はため息をついた。若者達の死を悼《いた》み新しい宮を案《あん》じ、一切《いっさい》を背負《せお》い込《こ》んでしまうのが、里長《さとおさ》だった。周りでどうしてやることもできない。

「なあに。案《あん》ずるな」

神主《かんぬし》は、しずかに話しかけた。

「里の若い衆が、昨日から良くやってくれている。

若い衆に、私は話したのだよ。

神の姫と二人の若者も、やがて和魂《にぎみたま》となってこの宮に帰り、この里を守ってくれるのだ。

立派な式にしなければ、申《もう》し訳《わけ》ないじゃないか、とね」

奥の方で、すすり泣く女の声が聞こえた。

「は……」と声を詰《つ》まらせたまま、里長《さとおさ》の言葉は聞こえない。

神主《かんぬし》は、戸口の暗《くら》がりに向かって語りかけた。

「この里の南の、眺《なが》めの良い所に、三人の塚《つか》を造《つく》り置《お》くとしよう。真《ま》ん中《なか》に娘子塚《おとめづか》。その両側に、菟原壮士《うないおとこ》の塚《つか》と、茅渟壮士《ちぬおとこ》の塚《つか》。三人のことを長く伝《つた》える標《しるし》とするためにね。この葦《あし》の屋《や》の里は遠《とお》き代《よ》まで続き、三人の故縁《ゆえよし》は、必ずや、後の人々にまで語《かた》り継《つ》がれることであろう」

里長《さとおさ》の、深く頭《こうべ》を垂《た》れる気配《けはい》がした。

「では、行ってくるよ、里長《さとおさ》。喪《も》が明けたら、また里の若い衆を導《みちび》かなければならないね」

神主《かんぬし》は、暗い戸口から目を移して、晴れた空に映《は》える有馬《ありま》の山々を見上げた。

山人《やまびと》達はすでに山へ帰って行った。

今頃はどこにいるのだろうか。

「東の方の山々に良い木を探しに行きます」

里を去る時のキギシの言葉を、神主《かんぬし》は思い出した。

あの後、山人《やまびと》達をまとめ、里側との交渉《こうしょう》の一切《いっさい》を引き受けたのは、控《ひか》えめなキギシだった。キギシは神主《かんぬし》の前で一度も感情的になることは無く、約束通りの報酬《ほうしゅう》を受け取り、山人《やまびと》達に広場の後始末《あとしまつ》と道具の荷造《にづく》りを指図《さしず》し、茅渟壮士《ちぬおとこ》を葬《ほうむ》る方法を神主《かんぬし》に託《たく》して、しずかに山へ引き上げていった。

山長《やまおさ》は落胆《らくたん》し、山人《やまびと》達の間では不満の声もあったと聞くが、キギシはさりげなく山長《やまおさ》を庇《かば》い山人《やまびと》達を抑《おさ》え、淡々《たんたん》と仕事をすすめて、礼儀《れいぎ》正しく別れの言葉を残して去っていった。

(山の若い衆も、良くやっている……)

朝日を浴びた山並《やまな》みを眺《なが》めて、神主《かんぬし》はつぶやいた。

神主《かんぬし》は、波のような形の美しい鰯雲《いわしぐも》の浮かぶ空の下を、新しい宮へと歩いて行った。

乙女のための万葉集講義

玉響の小宮

玉響《たまゆら》の小筥《こばこ》　一

『万葉集《まんようしゅう》』の娘子《おとめ》

菟原娘子《うないおとめ》の伝説は、『万葉集《まんようしゅう》』という、日本で一番古い歌集に伝えられています。『万葉集《まんようしゅう》』は、奈良時代《ならじだい》（八世紀）に成立しました。

五世紀前半の作と伝えられる歌から、七五九年（天平宝字三年）の歌まで、約四千五百首が、収録《しゅうろく》されています。

歌の数が多いのは、舒明《じょめい》天皇の頃から七五九年までの百三十年間で、この頃が、万葉集の時代、と言えるでしょう。

それでは、

万葉集の「娘子《おとめ》」とは、どんな女性達だったのでしょうか。

「おと」は、若々しい、という意味です。

「め」は、「女《め》」、女性です。
「おと」＋「め」は、若い娘です。
手に手に壺《つぼ》を抱えた若い娘子《おとめ》達が、泉から清らかな水を汲《く》んでいる光景を歌った、
こんな歌が、万葉集《まんようしゅう》にあります。

もののふの　八十娘子《やそをとめ》らが
汲《く》み乱《まが》ふ
寺井《てらゐ》の上《うへ》の
堅香子《かたかご》の花

たくさんの若い娘達が
入り乱れて水を汲《く》んでいる
その寺に湧《わ》く泉のほとりに
群がり咲いている　堅香子《かたかご》の花

【巻第十九・四一四三　大伴家持《おおとものやかもち》】

堅香子《かたかご》とは、カタクリのことです。カタクリは、清らかな水辺に群れ咲く、可憐《かれん》な薄紫《うすむらさきいろ》色の花です。
早春に葉が地上に現れ、二週間ほど花が開き、その後は葉も茎も枯れて姿を消してしまう、春の精《せい》のような花です。

（「井《い》」は、古くは泉や川から水を汲《く》む所を言いました）

カタクリの花々が咲き乱れる透《す》き通《とお》った泉のほとりで、笑いさざめく娘子《おとめ》達の姿が目に浮かんできますね。

『万葉集』には、若々しく美しい娘子《おとめ》達が、たくさん出てきます。

春の園《その》
紅《くれなゐ》にほふ
桃の花
下照《したで》る道に
出《い》で立つ娘子《をとめ》

春の園は　桃の花が咲き満ちて
あたり一面紅《くれない》色に輝いています。
桃の花をぎっしりと付けた樹の下まで
薄桃《うすもも》色に照り映《は》えているその道に
立っている　娘子《おとめ》

【巻第十九・四一三九　大伴《おおともの》家持《やかもち》】

娘子《おとめ》の若々しい頬《ほほ》も、ほっそりとした指先も、
桃の花のような薄紅《うすべに》色です。

枝々に溢《あふ》れるほど咲いている桃の花も
ゆらゆらと道に揺《ゆ》れる木洩《こも》れ日《び》も、薄紅《うすべに》色。
花盛《はなざか》りの桃の園《その》も娘子《おとめ》も、春そのもののように、華《はな》やいでいます。
『万葉集《まんようしゅう》』の大きな魅力の一つは、身分の高い女性だけでなく、ごく普通の娘子《おとめ》達の日常の姿が、描かれていることです。
それは、後の時代の歌集には無い、『万葉集《まんようしゅう》』の特徴です。

振分《ふりわ》けの　髪を短《みじか》み
青草《あをくさ》を
髪にたくらむ
妹《いも》をしぞ思ふ

左右に分けて肩に垂《た》らした髪が、まだ短いので
青草を
髪に結《ゆ》いつけている
初々《ういうい》しいあの娘のことばかり　思っています。

【巻十一・二五四〇】

振《ふ》り分《わ》け髪は、今でも少女達がしているような、左右に分けて肩のあたりで切りそろえた髪です。

青々とした若草を、髪に結《ゆ》いつけているのは、
髪が早く伸《の》びる、おまじないでしょうか。
この娘子《おとめ》は、成人して髪を束ね上げたばかりなのかもしれません。
若草がすぐに伸《の》びるように、少女の髪もやがて豊かに伸《の》びて、大人の女性のように
結《ゆ》い上げることができるでしょう。
この歌の作者は、大人に憧《あこが》れている初々《ういうい》しい娘子《おとめ》の姿を、いとしく思っています。

たらちねの　母が手離《てはな》れ
かくばかり
すべなきことは
いまだせなくに

母様《かあさま》の手を離れて　大きくなってから
こんなにも
どうしてよいかわからない心細い思いは
今まで一度も　したことはなかったのに。

【巻十一・二三六八】

（お母さんの手を離れて大人になってから、
こんな心細い思いは、今まで一度も経験した事はなかったのに……）

娘子《おとめ》は、若者に、恋を打ち明けられたのでしょうか。
（でも、あの人を思うと、
こんなにもどきどきして、切なくなるなんて、知らなかった）
初めての恋に、娘子《おとめ》は途方《とほう》に暮れているようです。

多摩川《たまがは》に　さらす手作《てづく》り
さらさらに
なにぞこの子の
ここだ愛《かな》しき

多摩川《たまがわ》に　手で織り上げた麻布《あさぬの》を
さらさらと晒《さら》すように　更《さら》に更《さら》に
どうしてこの子は
こんなにかわいいのだろう

【巻十四・三三七三　東歌】

武蔵《むさし》の国、多摩川《たまがわ》の辺《あた》りでは、手織りの麻布《あさぬの》を、朝廷《ちょうてい》に調《ちょう》（＝税）として献上《けんじょう》しました。
現在でも、東京都の調布《ちょうふ》市などの地名が残っています。
人々は、自分達で織り上げた麻布《あさぬの》を持ち寄って、多摩川《たまがわ》の流れに晒《さら》したのでしょうか。
さらさらと流れていく川波に
織り上げたばかりの白い布が、
幾筋《いくすじ》も、ゆらゆらと光って揺《ゆ》れています。
川風に吹かれ、冷たい水に手を浸《ひた》す仕事は、
大変だったことでしょう。
この歌は、そんな仕事をしながら
みんなで歌った歌だったのかもしれません。

枕詞《まくらことば》のたのしみ

もののふの　八十《やそ》娘子《をとめ》らが　汲《く》み乱《まが》ふ　寺井《てらゐ》の上の　堅香子《かたかご》の花

「もののふの」は、「枕詞《まくらことば》」です。

「八十《やそ》」（たくさん）、という言葉の前に、いつも付いている言葉です。

もののふの　八十《やそ》氏人《うぢひと》　たくさんの氏族の人達　【巻第十八　四一〇〇】

もののふの　八十《やそ》伴《とも》の男《を》　たくさんの官人たち　【巻第十七　三九九一】

「枕詞《まくらことば》」とは、ある言葉の前に、いつも付いている言葉で、あまり現代語には訳しません。

でも、枕詞《まくらことば》には、楽しみがあります。

たとえば、

「もののふ」は、朝廷《ちょうてい》に仕《つか》える文武《ぶんぶ》百官《ひゃっかん》、たくさんの人々のことです。

声に出して、人々が歌を楽しむ時、

歌い手が、

「もののふの」

と、ゆったりと高らかに歌い始めると、
聞き手は、
きらびやかな朝廷《ちょうてい》の人々が、続々《ぞくぞく》と集まってくる様子を連想し、

「え？　何が、たくさん出てくるのだろう？」

と、わくわくします。

続いて
「八十娘子《やそをとめ》らが　汲《く》み乱《まが》ふ」

と聞くと、

「ああ、集まっているのは、美しい娘子《おとめ》達なのだな」

と、わかります。

人々の心には、美しいたくさんの娘子《おとめ》達が、清らかな水を入り乱れて汲んでいる様子が、鮮やかに浮かんだことでしょう。

枕詞《まくらことば》によって一座の人々に期待が高まり、その後に歌い上げられた娘子《おとめ》達の姿は、一際《ひときわ》美しく感じられたのではないでしょうか。

たらちねの　母が手離《てはな》れ　かくばかり　すべなきことは　いまだせなくに

「たらちねの」は、「母」に付く枕詞《まくらことば》です。

「垂乳根《たらちね》」という漢字を見ると、お乳を与えてくれた、という意味がわかりますね。

「たらちねの」

という枕詞《まくらことば》を聞いた時、人々はみなそれぞれの優しいお母さんを、懐かしく思い出したことでしょう。

（お乳を与えて、今まで育ててくれた）

お母さんの手を離れて大きくなってから、
こんなにも　どうしていいかわからない事は、
今まで経験したことは無かったのに……

「たらちねの」という枕詞《まくらことば》によって、
可憐《かれん》な娘子《おとめ》の心情が、一層切実に伝わります。

枕詞《まくらことば》には、他にも

「青丹《あをに》よし」……奈良
（奈良では昔、染料や顔料に用いられる美しい青土、青丹《あをに》を産出しました）
「久方《ひさかた》の」……天空に関係のある天、雨、空、月、日、光
など、面白くて、響《ひび》きも美しい組み合わせが、いろいろあります。

序詞《じょことば》のたのしみ

多摩川《たまがは》に　さらす手作《てづく》り　さらさらに　なにぞこの子の　ここだ愛《かな》しき

「多摩川《たまがは》にさらす手作《てづく》り」は、
序詞《じょことば》です。
「さらす」という音のひびきで、同じ音の
「さらさらに」という言葉を引き出しています。
「さらさらに　なにぞこの子の　ここだ愛《かな》しき」

（更《さら》に更《さら》に、どうしてこの娘は、こんなにかわいいのだろう）

「多摩川にさらす手作り」という序詞《じょことば》の後に続く

「さらさらに」は、

さらさらと流れる川音を響《ひび》かせ

同時に「更《さら》に更《さら》に」という意味を表しています。

「多摩川にさらす手作り」という序詞《じょことば》は、

歌のイメージに豊かな広がりを持たせ、美しい響《ひび》きを添《そ》えています。

枕詞《まくらことば》はふつう五音ですが、序詞《じょことば》は、七音から二句以上になります。

玉響《たまゆら》の小筥《こばこ》　二

万葉集の壮士《おとこ》

壮士《おとこ》の、「おと」も、若々しい、生命力の旺盛《おうせい》な、という意味です
「こ」は、「子《こ》」です。
「おと」＋「こ」(壮士《おとこ》) は、
若々しい生命力にあふれた、一人前の男、という意味です。
でも、万葉集《まんようしゅう》には、ちょっと不思議な壮士《おとこ》が出てきます。
月人壮士《つきひとおとこ》です。

み空行く　月の光に　　美しい夜空を行く　　月の光で
ただ一目《ひとめ》　相見《あひみ》し人の　　ただ一目だけ見た人

夢《いめ》にし見ゆる　　あの方の面影《おもかげ》が　夢に現れて見えます

【巻第四・七一〇　安都扉娘子《あとのとびらのおとめ》】

この娘子《おとめ》は、空を渡っていく月の光に、たった一度会ったことのある、
いとしい恋人の姿を思い浮かべました。

夕星《ゆふつづ》も　通ふ天道《あまぢ》を
いつまでか
仰《あふ》ぎて待たむ
月人壮士《つきひとをとこ》

夕べの一番星、金星も通い始めた天の道を
いつまで
ふり仰いで待っていればよいのでしょうか
月人壮士《つきひとおとこ》よ

【巻第十・二〇一〇　柿本人麻呂歌集】

宵《よい》の明星、金星も光り始めました。
夕空を見上げて、月人壮士《つきひとおとこ》が現れるのを待っています。

秋風の　清き夕《ゆふへ》に
天の川　舟漕《こ》ぎ渡る
月人壮士《つきひとをとこ》

秋風が　清くさやさやと吹く夕べに
天の川を　舟で漕《こ》ぎ渡る
月人壮士《つきひとおとこ》

【巻第十・二〇四三】

涼しい秋風が吹き始めました。
月人壮士《つきひとおとこ》も、いよいよ、天の川を船出する気になったようです。

天《あめ》の海に　月の舟浮《う》け
桂楫《かつらかぢ》　懸《か》けて漕《こ》ぐ見ゆ
月人壮士《つきひとをとこ》

天の海に　月の舟を浮かべ
月の桂《かつら》で作った櫂《かい》を　舟に懸《か》けて
漕《こ》いでいる　月人壮士《つきひとおとこ》

【巻第十・二二二三】

月人壮士《つきひとおとこ》は、広大な天の海に、月の舟を浮かべて漕《こ》ぎ出しました。
月の世界に生えるという、桂《かつら》の木で作った櫂《かい》を、舟に懸《か》けています。

航海《こうかい》は順調そうです。

ところが……

天《あま》の原《はら》　行きて射《い》てむと
白真《しらま》弓《ゆみ》　引きて隠《こも》れる
月人壮士《つきひとをとこ》

広々とした天の野原に　行って射止《い》めようと
白真《しらま》弓《ゆみ》を引き絞《しぼ》って　隠れてしまった
月人壮士《つきひとおとこ》

【巻第十　二〇五一】

おやおや、月人壮士《つきひとおとこ》は、白真弓《しらまゆみ》を取り出して、
何やら獲物《えもの》を射《い》ようと、隠れてしまいました。
天上の原野には、一体どんな獲物《えもの》がいるのでしょうか。

天《あめ》の海に　雲の波立ち
月の舟
星の林に

天の海に　雲の波が立って
月の舟が
きらめく星の林に

漕《こ》ぎ隠る見ゆ

漕《こ》ぎ隠れてゆきます

【巻第七・一〇六八　柿本人麻呂歌集】

天の大海原《おおうなばら》に、雲の波が立ってきました。
煌煌《こうこう》と輝く月の舟は、
星座の瞬《また》く星々の林に
漕《こ》ぎ隠れていきます。

月人壮士《つきひとおとこ》は、月の別名《またのな》です。
でも、こうして読んでいくと、
月人壮士《つきひとおとこ》は、なんだか宇宙人のような気がしてきませんか?

玉響《たまゆら》の小筥《こばこ》　三

葦垣《あしかき》

万葉の若者達は、葦《あし》を編んで作った垣根越《かきねご》しに娘子《おとめ》を見て、恋い焦《こ》がれたようです。

花ぐはし　葦垣越《あしかきご》しに
ただ一目《ひとめ》　相見《あひみ》し子ゆゑ
千《ち》たび嘆《なげ》きつ

花の美しい葦垣越《あしかきご》しに
たった一目《ひとめ》　見た　あの子のために
千度《たび》も　ため息をついているのです。

【巻第十一　二五六五】

「花ぐはし」は、葦の枕詞です。葦はイネ科で夏から秋、淡紫色の小花の穂をたくさん付けます。

葦の花の色は美しく、綿毛は絹のような光沢を持つそうです。
「葦の屋の里」は、美しい名前の里だったのですね。

人間守り《ひとまも》
葦垣越しに《あしかきご》
我妹子を《わぎもこ》　相見しからに《あひみ》
言ぞ《こと》　さだ多き

人の見ていない間を見計らって《みはか》
葦垣越しに《あしかきご》
かわいらしい娘を　ちらっと見ただけなのに
噂がひどく立って、困っています。《うわさ》

【巻第十一　二五七六】

その一方で、
娘の方でも、時には人の目を気にしながらも、
垣根で恋しい人を待ちつつ《かきね》
こんな思いをしていることもありました。

恋《こひ》しけば
来ませ　我《わ》が背子《せこ》
垣《かき》つ柳《やぎ》
末《うれ》摘《つ》み枯らし
我《わ》れ立ち待たむ

恋しくなったら
どうぞ来てください。私のいとしいあなた。
垣根《かきね》の柳《やなぎ》の　細い枝先を
枯らしてしまうほど、摘み取り摘み取りしながら
私はずっと、立って待っていましょう。

【巻第十四・三四五五】

恋しい若者を思って、垣根《かきね》の柳の木を摘《つ》み取りながら、もどかしい思いを抱えて、ずっと待っている娘。
（あの人が、なかなか来ないから、柳の枝を何度もつまんで、枝が枯れそうになってしまったじゃない……）
つぶやいている娘の仕草《しぐさ》が、可愛《かわい》らしいですね。

玉響《たまゆら》の小筥《こばこ》　四

斎瓮《いわいべ》

家事をつかさどる母や妻は、
息子や夫が旅立つ時には、
「旅が安全でありますように」と、
斎瓮《いわいべ》を地面に埋《う》め立てて、祈りました。
斎瓮《いわいべ》とは、神酒《みき》を盛《も》る底のまるい土器です。
女達は
遥《はる》かな昔から、いつも変わらず
家族の安全と幸せを祈っていたのですね。
万葉の時代、日本から唐《とう》へ、遣唐使《けんとうし》が派遣《はけん》されました。

当時の航海術は未熟で、とても危険な旅でした。

嵐で船が沈むことも多く、漂流したり略奪されたりすることもあって生きて帰ってこられた人々は、六割くらいだったと言われています。

七三三年（天平《てんぴょう》五年）、遣唐使《けんとうし》の船が難波《なにわ》を出航《しゅっこう》する時、唐《とう》へ行く息子を思い、母親は、こんな歌を作って贈《おく》りました。

秋萩《あきはぎ》を　妻どふ鹿《か》こそ
独《ひと》り子《ご》に
子持てりといへ
鹿子《かこ》じもの
我《あ》が独《ひと》り子《ご》の
草枕《くさまくら》　旅にし行けば
竹玉《たかたま》を
繁《しじ》に貫《ぬ》き垂《た》れ
斎瓮《いはひへ》に

秋萩《あきはぎ》を　妻を求めて訪れる鹿は
たった一頭の
子を持つといいますが
その鹿の子のように、たった一人の
私の大切な子どもが
遠く旅立って行くので
竹玉《たかたま》を
ぎっしりと貫《つらぬ》き垂《た》らし
斎瓮《いわいべ》に

木綿《ゆふ》取り垂《し》でて
斎《いは》ひつつ
我《あ》が思ふ我《あ》が子
ま幸《さき》くありこそ

木綿《ゆう》を取り垂《た》らし
神様にひたすら祈りながら
私が思っている　いとしい我が子よ
どうか無事であってください。

【巻第九・一七九〇】

旅人《たびひと》の
宿《やど》りせむ野に
霜降《しもふ》らば
我《あ》が子　羽《は》ぐくめ
天《あめ》の鶴群《たづむら》

遥《はる》かな旅に出る旅人が
夜の宿《やど》りをする野原に
もし冷たい霜《しも》が降《ふ》るならば
どうかその大きな温《あたた》かい羽を広げて
我が子を包んでやってください
天を飛んで行く　鶴《つる》の群れよ

【巻第九・一七九一】

今、遣唐使《けんとうし》船《せん》に乗るたった一人の息子は、

荒波を越えて、遥《はる》かな旅に立とうとしています。
再び日本へ帰って来られる日は、いつになるか、わかりません。
寒さの厳しい夜、衣《ころも》をかけてあげたくても、
母親の我《わ》が身《み》は、日本に居て、
もう息子に、何をしてやることもできません。
(でも、この命が続く限り、
私はあなたの事を思って、いつも、こうして祈り続けていますよ)
せめてそのことを、
この母親は、旅立つ息子に伝えたかったのではないでしょうか。

一方、
旅をする男にとっても、
家に残った自分の母や妻が、
いつも自分の身の安全を祈ってくれている、と思うことは、
どんなに旅の不安を鎮《しず》めてくれたことでしょう。

七三六年六月（天平八年《てんぴょう》）、新羅《しらぎ》に遣《つか》わされた、遣新羅使人《けんしらぎしじん》の一行が、大きな船に乗り込み、朝鮮半島へと旅立ちました。

旅の途中で、多くの人々が疫病《えきびょう》で亡くなり、大使も帰途の対馬《つしま》で病没し、旅は困難《こんなん》を極《きわ》めました。

その出航《しゅっこう》の時、ある妻は夫に、こう歌いかけました。

大船《おほぶね》を
荒海《あるみ》に出《い》だし
います君
障《つつ》むことなく
早《はや》帰りませ

大きな船を
恐ろしい荒海《あらうみ》に漕《こ》ぎだして
遥々《はるばる》いらっしゃる　あなた
どうか何の禍《わざわい》もなくご無事で
早く帰ってきてくださいませ

【巻第十五・三五八二】

夫は、妻に、歌を返しました。

ま幸《さき》くて
妹《いも》が斎《いは》はば
沖つ波
千重《ちへ》に立つとも
障《さは》りあらめやも

私の愛《いと》しいあなたが　今のまま無事でいて
いつも神様に　祈ってくれさえすれば
たとえ沖の波が
千重《ちえ》に激しく波立って　船を揺《ゆ》らすとも
この身に差《さ》し障《さわ》りなど、あるはずがあろうか
きっと無事に帰ってくるよ

【巻第十五・三五八三】

別れを悲しんで妻が贈《おく》る歌と、夫が答える歌。
二人の情愛を象徴《しょうちょう》するように、二首で一組になった、贈答歌《ぞうとうか》です。
このように二首で一組になった歌が、万葉集には、たくさんあります。
恋人同士の歌や、謎《なぞ》をかける歌と答える歌の一組もあります。
歌を贈《おく》る人と、受け取って答える人。
それぞれの表情までが、生き生きと浮かんでくるようで、とても楽しいです。

玉響《たまゆら》の小筥《こばこ》　五

新築祝《しんちくいわ》い

家が建った時は、いつの時代も嬉《うれ》しいものです。
新築祝《しんちくいわ》いの時には、美しい娘子《おとめ》が、手首に巻いた玉飾りを
鳴らして唱《うた》い、新居を踏《ふ》み鎮《しず》めて、お祝いをしたようです。

新室《にひむろ》を
踏《ふ》み鎮《しづ》むる子し
手玉《ただま》鳴らすも
玉のごと
照らせる君を

建てられたばかりの真新しい家を
踏《ふ》み鎮《しず》める娘子《おとめ》が
手首に巻いた飾り玉を　しきりに鳴らしているよ。
さあ娘子《おとめ》よ、その玉のように
光り輝く立派なお方なのだ。そのお方に、

内《うち》にと申《まを》せ

「中へどうぞ」と申し上げなさい。

【巻十一・二三五二　柿本人麻呂歌集】

建てられたばかりでまだ人の踏み込んでいない、
清らかな家。
娘子《おとめ》は、手玉《ただま》を鳴らして家の霊を鎮《しず》め、幾久《いくひさ》しい幸せを祈って
唱《うた》います。
その家に、立派な若者を招《まね》き入れるのは、予祝《よしゅく》のためでしょうか。
美しい娘子《おとめ》に招《まね》き入れられた
光り輝く立派な若者。
その場に集まった人々には
真新《まあたら》しい屋根や柱の匂《にお》いの満ちた清々《すがすが》しいその家に、
良い事がたくさん起こりそうな予感がしたことでしょう。
ところで、檜《ひのき》や杉で作った立派な柱を、
真木柱《まきばしら》、といいます。

真木柱《まけばしら》
ほめて造《つく》れる殿《との》のごと
いませ母刀自《ははとじ》
面変《おめが》はりせず

真木《まき》の太い柱、その立派な柱を
祝福して造ったあの御殿《ごてん》のように
お元気でいてください、お母さん。
面やつれなさらずに

【巻第二十・四三四二　坂田部首麻呂《さかたべのおびとまろ》】

この優しい歌を作った人は、防人《さきもり》です。
もしかすると、この人は以前
どこか大きな建物の建築工事をした経験があるのかもしれません。
防人《さきもり》とは、多くは東国から、
北九州沿岸の筑紫《つくし》や壱岐《いき》・対馬《つしま》を防備するために集められた兵士です。
任期は三年でした。
「まけばしら」
「おめがはり」には、東国《とうごく》らしい素朴な響きがありますね。

東国から北九州へ、防人《さきもり》達は、長い長い旅をしました。
旅の途中で病気になったり、国へ帰る途上で食べ物がなくなったりして、
死んでいった人達も、大勢いたことでしょう。
この歌を作った坂田《さかた》部首麻呂《べのおびとまろ》は、
七五五年（天平勝宝七歳）に
防人《さきもり》となって北九州へ行きました。

短歌、長歌、旋頭歌《せどうか》

短歌

「花ぐはし　葦垣越《あしかきご》しに　ただ一目《ひとめ》　相見《あひみ》し子ゆゑ　千《ち》たび嘆きつ」

無名の若者の恋心を歌ったこの歌は、「短歌《たんか》」です。

（五、七、五、七、七）という音の数の歌です。
万葉集で一番多い歌は短歌で、全体の九割ほどです。
天皇、皇后など高貴な身分の人々から、農民、遊女まで、
様々な人々の「短歌《たんか》」が、万葉集には収められています。
万葉集を読むと、
タイムカプセルの箱を開けた時のように
古代の様々な人々の歌声が
現代の私達に、響いてくるのです。

長歌

「秋萩《あきはぎ》を　妻《つま》どふ鹿《か》こそ　独《ひと》り子に　子持てりといへ　……」

と続く長い歌は、「長歌《ちょうか》」です。

（五、七、五、七、……）と続き、最後は（七、七）で結びます。
「長歌」はもともと、朝廷の儀式や天皇の行幸（ご外出）などの
公的な場で歌い上げられた、
格調高い歌でした。
柿本人麻呂《かきのもとのひとまろ》、山部赤人《やまべのあかひと》など、万葉集を代表する宮廷歌人《きゅうていかじん》達が
見事な「長歌」を作っています。
もっと私的な内容や情景を歌った「長歌」もありますが、
専門的な歌人達が作った歌が多く、作者名が記されています。
その中で、この歌は、
「親母《おや》の子に贈る歌一首あはせて短歌」
と、ひっそりと書かれているだけです。
この名も無い母は、
たった一人の我が子を思うあまり
胸の奥から言葉があふれ出して
「長歌」を

歌わずにいられなかったのではないでしょうか。
このつつましい作者名を見ると、私は
そうまでして歌わずにはいられなかった
母の悲痛な愛情を感じます。

「旅人《たびひと》の　宿《やど》りせむ野に　霜降《しもふ》らば　我《あ》が子羽《は》ぐくめ　天《あめ》の鶴群《たづむら》」

このように、長歌《ちょうか》の後に添《そ》えられた短歌を、
「反歌《はんか》」といいます。
長歌の内容を反復したり、まとめたりして、感動を添《そ》えます。

旋《せ》頭歌《どうか》

「新室《にひむろ》を　踏《ふ》み鎮《しづ》むる子し　手玉《ただま》鳴らすも

玉のごと　照らせる君を　内《うち》にと申《まを》せ」

これは、「旋頭歌《せどうか》」です。
上三句（五、七、七）の頭句を
もう一度　旋《めぐ》らせて、
下三句（五、七、七）の句が続きます。
にぎやかな新築祝《しんちくいわ》いで、この歌を歌う時、
誰かが
「新室《にひむろ》を　踏《ふ》み鎮《しづ》むる子し　手玉《ただま》鳴らすも」
と歌いだすと
ほかの誰かが
「玉のごと　照らせる君を　内《うち》にと申《まを》せ」
と、続けたのかもしれません。
声に出して読んでみると、
心地《ここち》よいリズムが繰《く》り返《かえ》されて、

何度でも、同じ歌を口ずさみたくなります。

『万葉集』には、このように、
「長歌《ちょうか》」、「短歌《たんか》」、「旋頭歌《せどうか》」と
さまざまな形式の歌が入っていて
それぞれ違った、豊かな魅力があります。
後の時代になると、「長歌《ちょうか》」、「旋頭歌《せどうか》」は消えて、
「短歌」だけが、「和歌」として残りました。

玉響《たまゆら》の小筥《こばこ》　六

白木綿花《しらゆうばな》

木綿《ゆう》とは、今の木綿《もめん》ではなくて、楮《こうぞ》の皮の繊維《せんい》を蒸《む》して裂《さ》き
白い糸のようにした物のことです。
賢木《さかき》にかけたりして、神事などに使いました。
「白木綿花《しらゆうばな》」は、この木綿《ゆう》で作った、神に捧げる純白の花です。
万葉の人々は、この神聖な「白木綿花《しらゆうばな》」で、
滝が勢いよく流れ落ちて、泡立《あわだ》っている白波の様子を表現しました。

山高み
白木綿花《しらゆふばな》に　落ちたぎつ

山が高いので
白木綿花《しらゆうばな》となって　ほとばしり落ちる

滝の河内《かふち》は
見れど飽かぬかも

滝の河内《こうち》は
いくら見ても飽きることがないなあ。

【巻第六・九〇九　笠金村《かさのかなむら》】

落ちたぎる滝の、清冽《せいれつ》な音が、聞こえてくるようですね。
河内《こうち》とは川が曲がって流れている内側の小さい平地のことですが、
この「河内《こうち》」は、
奈良盆地の南の山々を流れる吉野川流域、吉野の宮滝《みやたき》のあたりです。
高い山々と清らかな川のあるこの地は、
昔から、朝廷《ちょうてい》にとって特別に神聖で大切な地とされていました。
この歌は、七二三年（養老七年）五月、
元正天皇が吉野に行幸《ぎょうこう》（ご外出）した時に、
宮廷歌人《きゅうていかじん》、笠金村《かさのかなむら》が
吉野の美しさを称《たた》えて歌った歌です。
神に捧《ささ》げられる「白木綿花《しらゆうばな》」は

吉野の滝に
豊かに滾《たぎ》り落ちる真っ白な水飛沫《みずしぶき》の
清らかさを表現しています。

玉響《たまゆら》の小筥《こばこ》　七

山人《やまびと》

良い木を求めて東に行ったキギシ達は、
その後、どうしたのでしょうか。

飛騨《ひだ》の匠《たくみ》

五、六世紀ごろから、飛騨《ひだ》地方には、
「飛騨《ひだ》の匠《たくみ》」と呼ばれる人々が住んでいました。
飛騨《ひだ》地方は山が多く、農耕には向かなかったので、
飛騨の人々は、米を税として納《おさ》める代わりに、

都へ出かけて、宮殿や大寺院を建てる仕事をしました。
彼らは優《すぐ》れた木工技術を持ち、厳しい労働に耐《た》え、真摯《しんし》に仕事をしたので、
「飛騨《ひだ》の匠《たくみ》」と賞賛《しょうさん》されました。
薬師寺や、興福寺東金堂、東大寺を建てたのも、彼等でした。
目も眩《くら》むほど高い足場を　物ともせずに、
ひらりひらりと、身軽に上って仕事をする「飛騨《ひだ》の匠《たくみ》」達の
人並み外れた鮮《あざ》やかな仕事ぶりに
都人《みやこびと》たちはとても驚いた、といわれています。

両面宿儺《りょうめんすくな》

「飛騨《ひだ》の匠《たくみ》」達が大切にしていた神は、
一つの胴体に二つの顔と四本の手足を持つ、
「両面宿儺《りょうめんすくな》」という、不思議な神でした。
『日本書紀《にほんしょき》』の巻第十一、仁徳天皇の時代（五世紀）にこんな記述があります。

「両面宿儺《りょうめんすくな》は力が強くて敏捷《びんしょう》で、左と右に剣を佩《は》いて、四つの手で二振りの弓矢を使った。

天皇の命令に従わず人民から略奪《りゃくだつ》したので、難波根《なにわのね》子《こ》武振熊《たけふるくま》を遣《つか》わして殺させた」

けれど、飛騨《ひだ》地方では、

「両面宿儺《りょうめんすくな》」が鬼《おに》や悪い龍神《りゅうじん》と闘《たたか》って人々を守った話が伝わり、
飛騨《ひだ》の人々の英雄、守り神とされてきました。

高山市《たかやまし》千光寺《せんこうじ》や、関市《せきし》大日山日龍峰寺《だいにちさんにちりゅうぶじ》に、その伝承があります。

江戸時代、飛騨《ひだ》地方を訪れた円空《えんくう》という旅の僧は、

「両面宿儺《りょうめんすくな》」の力強い彫像を作りました。

今でも高山市《たかやまし》の千光寺《せんこうじ》に、その像が残されています。

『万葉集』には、「飛騨人《ひだびと》」の姿が見え隠《かく》れする歌が、幾つかあります。

かにかくに　　もう、ああだこうだと
物は思はじ　　思い悩むのは　やめよう
飛騨人《ひだひと》の　　飛騨《ひだ》の匠《たくみ》が

打つ墨縄《すみなは》の　真《ま》っ直《す》ぐに延《の》びているように
ただ一道《ひとみち》に　ただ一筋に、信じていこう

【巻第十一・二六四八】

墨縄《すみなわ》は、昔の大工《だいく》や石工《いしく》が、直線を引くのに使った方法です。
墨壺《すみつぼ》という、墨汁《ぼくじゅう》を入れた道具を使います。
墨《すみ》を含ませた細い縄《なわ》を、墨壺《すみつぼ》から引き出し、
こちら側とあちら側の人が、真っ直ぐに張《は》って、軽く弾《はじ》くと、
直線が、木や石に印《しる》されます。
熟練《じゅくれん》の大工《だいく》が、気合《きあい》を込《こ》めて打った、
一直線の墨《すみ》の跡《あと》。
その美しい一筋《ひとすじ》の線を見て、この歌の作者は、
「もう、あれこれ思い悩むのは、やめよう。
飛騨人《ひだびと》が打った
この墨縄《すみなわ》の跡《あと》のように、

自分もこの一つの道を
真っ直ぐに、信じて行こう」
そう心に決めたのです。

玉響《たまゆら》の小筥《こばこ》　八

筑紫《つくし》の港（那津《なのつ》）

山長《やまおさ》の李広福が、中国江南から上陸したのは、筑紫《つくし》の港、那津《なのつ》でした。

筑紫《つくし》はその頃から、外国の品物や文化が日本で一番先に流れ込む、重要な土地でした。

七世紀頃から、筑紫《つくし》には、「大宰府《だざいふ》」という役所が置かれ、外国使節への応対、海辺の防備などの仕事をしていました。

七三〇年（天平二年）正月十三日、
大宰府《だざいふ》で、万葉集の中でも、最も華やかな宴が開かれました。
「梅花の宴」です。

時に、
初春《しょしゅん》の
令月《れいげつ》にして、
気淑《よ》く
風和《やはら》ぐ
梅は
鏡前《けいぜん》の
粉《ふん》を披《ひら》く
蘭《らん》は
珮後《はいご》の
香《かう》を薫《くゆ》らす

折しも
初春の
何事をするのにも良い、めでたい月で
大気は清く澄みわたり
風はやわらかにそよいでいる
梅は
美人の鏡の前の
白粉《おしろい》のように白く花開いているし
蘭は
貴人の帯に下げる玉珮《ぎょくはい》（玉飾り）の後の
薫香《くんこう》のように良い香りを薫《くゆ》らしている

＊玉珮《ぎょくはい》は帯に付けて垂らす玉飾りで、天皇はじめ諸王・諸臣の三位以上が礼服に添えて佩《お》びました。大伴旅人《おおとものたびと》は正三位でしたから、都にいた頃は元日の朝賀にこれを佩《お》びたことでしょう。

大宰府の長官、大宰帥《だざいのそち》であった、大伴 旅人《おおとものたびと》。
筑　前　守《つくしのみちのくちのかみ》であった、山上 憶良《やまのうえのおくら》。
筑紫観世音寺《つくしかんぜおんじ》を造《つく》る別当《べっとう》（長官）として赴任《ふにん》していた僧、沙弥満誓《さみまんぜい》（笠 沙弥《かさのさみ》）
万葉集でも屈指の名歌人達が、この日、「梅花の宴」に集ったのです。
これら三人の歌人達と
九州地方の役人や知識人、あわせて三十二人の人々が
長官大伴 旅人《おおとものたびと》の官邸に集まり
中国から伝わった梅の花を愛《め》でつつ
「やまとうた」の宴をひらきました。
漢文の序では
作者が唐文化を一生懸命取り入れようとした様子がうかがえます。
それに続く三十二首の「やまとうた」では
より伸びやかに　生き生きと
万葉時代の人々が見て、感じた
梅の美しさが歌われています。

旧暦一月十三日は、太陽暦二月八日ころです。
温暖な筑紫《つくし》とはいえ、まだ肌寒く、
梅の花も、
咲き始めた頃だったかもしれません。
でも、
大伴《おおとも》旅人《のたびと》と、山上《やまのうえ》憶良《のおくら》ら筑紫《つくし》の人々は
その日、ひととき
梅の花の美しさと　人の情に
現実の憂いを忘れ
それぞれの心に映った梅の花を
思いのままに　歌い上げたのです。

山上憶良《やまのうえのおくら》

春されば
まづ咲くやどの
梅の花
ひとり見つつや
春日暮らさむ

春になると
真っ先に咲く　宿の
梅の花
この花を、ただひとり見ながら
春の日を暮らすことであろうか

【巻第五　八一八　山上憶良】

山上憶良《やまのうえのおくら》は、当時七十一歳でした。
遣唐使《けんとうし》船で唐に行った経験もあり、漢詩文に優れていました。
冬の寒さのまだ残る中、真っ先に咲く梅の花は、
中国でも「百花に先がけて咲く花」と言われ、愛されています。
山上憶良《やまのうえのおくら》はその故事《こじ》を思い出し、
（この宿にも、まず梅の花が咲いて、
春の訪れを告げている……）

と歌い出しますが
その時ふと
この宿の主人、大伴《おおともの》 旅人《たびと》の寂しさを
思いやったのかもしれません。
大伴《おおともの》 旅人《たびと》はこの時、六十六歳。
二年前に大宰帥《だざいのそち》として赴任《ふにん》してきた時は、
妻と一緒でしたが、
筑紫《つくし》に来て間もなく、妻は病気で死んでしまいました。
山上《やまのうえの》 憶良《おくら》は、誰よりも深く、大伴《おおともの》 旅人《たびと》の悲しみを知っていました。
(この美しい梅の花も、
この宿の主人は、ただ一人で見ながら、
長い春の日を過ごしているのだろうか……)
この歌には、そんな山上《やまのうえの》 憶良《おくら》の
大伴《おおともの》 旅人《たびと》を気遣《きづか》う優しい気持ちが、込《こ》められているのかもしれません。

青柳《あをやなぎ》
梅との花を
折りかざし
飲みての後《のち》は
散りぬともよし

沙弥満誓《さみまんぜい》（笠《かさのさ》沙弥《み》）

青柳《あおやなぎ》に
梅の花を
折って、冠《かんむり》や髪に挿《さ》して飾り
酒を飲んだ後ならば
散ってしまってもかまわない

【巻第五　八二一】

青々とした柳や梅の花を折って冠や髪に飾ったり、お酒を飲んでいい気分になったり……ずいぶん明るいお坊さんです。

（若枝や花をかざすのは、その生き生きとした力を身に着け延命長寿を願うおまじないでした）

沙弥満誓《さみまんぜい》は、そういう楽しい歌が大好きで、他にも作っています。

それに何よりも、親友であるこの宿の主人、大伴旅人《おおとものたびと》が

「いっそのこと、酒壺になりたい」と言うほどの、酒好きなのです。
沙弥満誓《さみまんぜい》には、大伴《おおとも》旅人《のたびと》が、
酒で我を忘れたい気持ちも、わかっていました。
それで、沙弥満誓《さみまんぜい》は、一座をぱっと明るくするこんな歌を、
作ってみせたのではないでしょうか。
山上《やまのうえの》憶良《おくら》とは、また違ったやり方で、
沙弥満誓《さみまんぜい》も、大伴《おおとも》旅人《のたびと》を思いやっているのです。
また、沙弥満誓《さみまんぜい》は、万葉集に、こんな歌も残しています。

世間《よのなか》を
何《なに》に譬《たと》へむ
朝開《あさびら》き
漕《こ》ぎ去《い》にし船の
跡《あと》なきがごと

世の中を
何に譬《たと》えたらよいだろうか
朝早く　港を押し開くように船出して
漕《こ》ぎ去って行った船が
跡《あと》に何も残さないように　はかないものだ

【巻第三　三五一】

こちらは実にお坊さんらしい、「無常観」を歌った歌ですが、
それにしても、なんと清々《すがすが》しい情景でしょうか。
早朝、朝霧《あさぎり》の立ち籠《こ》めている港を
次第に明るい藍《あい》色になっていく空と海に
漕《こ》ぎ出していく　一隻《せき》の船。
その船の姿も、いつしか跡形《あとかた》も無く、掻《か》き消えてしまいます。
この世は全《すべ》て無常なのだ、という仏教の教えを
脅《おど》かすこともなく、押し付けることもなく
美しい景色に　自然に溶《と》かし込んでいます。

ところで、
十二世紀、平安《へいあん》時代の末期《まっき》に生きた
西行《さいぎょう》という歌人は、
七十三歳で亡くなる半年前に
比叡山《ひえいざん》の無動寺《むどうじ》大乗　院《だいじょういん》から琵琶湖《びわこ》を見下ろし
「我が生涯の、最後の歌です」と言って

こんな歌を作りました。

にほてるや
凪《な》ぎたる朝に
見渡せば
漕《こ》ぎ行く跡《あと》の
波《なみ》だにもなし

琵琶湖《びわこ》の水面が照り輝き
風が凪《な》いでいる朝に
見渡すと
漕《こ》いでゆく舟の姿ばかりか
その舟の曳《ひ》く　ひとすじの
白波さえも　消えてしまった

【拾玉集・五一〇六】

舟の姿ばかりか、その舟の曳《ひ》くひとすじの白波さえも消えて行き
後にはただ、琵琶湖《びわこ》のさざ波だけが、朝の光に照《て》り輝いています。
八世紀の沙弥満誓《さみまんぜい》が発した、
たった三十一音の小さな歌声は、
時空を超《こ》えて、

十二世紀の西行《さいぎょう》のもとにまで、響《ひび》いていたのです。

大伴　旅人《おおとものたびと》

我が園《その》に
梅の花散る
ひさかたの
天《あめ》より雪の
流れ来《く》るかも

私の園に
梅の花びらが　しきりに散っている
天から、雪が
流れて来るのであろうか

【巻第五　八二二】

調《しら》べも、情景も、大変美しい歌です。
「あめよりゆきの　ながれくるかな」という調《しら》べは
なめらかで美しく
清らかな梅の香りまで　流れてくる気がします。
歌全体に　ア母音の言葉が多く、

明るい澄んだ響きがあります。
目の前に散りしく梅の花びらの情景は
天から流れて来る白雪に譬《たと》えることによって、
庭の木から散ってくる、ふつうの花びらから
天上の清らかさを持つ、清浄な花びらへと、変わります。
ひさかたの
という美しい枕詞《まくらことば》を添《そ》えることによって
永遠に変わらぬ、遥《はる》かな天上界の情景が浮かびます。
薄くて軽い、春の淡雪《あわゆき》のように
しきりに流れて来る
真っ白な梅の花びらの
天上の物のような、清浄な美しさ。
淡雪《あわゆき》が地上に降《お》りる間《ま》もなく消えてしまうように
七三〇年（天平二年）正月十三日のひととき、
大伴《おおとも》 旅人《のたびと》の心に映って、はかなく消えてしまうはずだった

梅の美しさを
旅人《たびと》は歌うことによって
永遠に、この世界に留《とど》めたのです。

「もののふの　八十娘子《やそをとめ》らが　汲《く》み乱《まが》ふ　寺井《てらゐ》の上《うへ》の　堅香子《かたかご》の花」
「春の園《その》　紅《くれなゐ》にほふ　桃の花　下照《したで》る道に　出で立つ娘子《をとめ》」

「玉響の小筥」の最初の二つの歌を作った大伴《おおともの》家持《やかもち》は、
大伴《おおともの》旅人《たびと》の嫡子《ちゃくし》です。
大伴《おおともの》旅人《たびと》が大宰府《だざいふ》に赴任《ふにん》した時、家持《やかもち》は、まだ十歳になったばかりの少年でした。
『万葉集』は、七世紀から八世紀後半にかけて、
幾人もの人の手によって編まれましたが
最終的にまとめたのは、大伴《おおともの》家持《やかもち》ではないかと言われています。

『万葉集』は、七五九年（天平宝字三年）正月一日に
大伴《おおともの》 家持《やかもち》が詠《よ》んだ、この歌で閉じられています。

新《あら》しき　年の初めの
初春《はつはる》の
今日《けふ》降る雪の
いやしけ吉事《よごと》

新しい年のはじめの
初春《はつはる》の
今日降る雪のように
いよいよ積りに積れ、めでたい事が

【巻第二十　四五一六】

この時大伴《おおともの》 家持《やかもち》は四十二歳、因幡国《いなばのくに》（鳥取県）の国守でした。
因幡《いなば》国庁の新年の宴で
将来への予祝をこめて、家持《やかもち》はこの歌を詠《よ》んだのです。
新年の雪は、豊年の瑞兆《ずいちょう》と言われていました。
後から後から降り積もる雪を眺めながら、
大伴《おおともの》 家持《やかもち》は、この雪のように

良い事が、後から後から積み重なって欲しいと願いました。

ところで、
大伴　旅人《おおとものたびと》邸で、梅花の宴が開かれたのは、
都から遠い、大宰府《だざいふ》でした。
大伴　家持《おおとものやかもち》が新年の歌を詠《よ》んだのも
都から遠い、因幡《いなば》でした。
これは偶然ではありません。

大伴《おおとも》氏は古代から続く軍事の名門氏族で
旅人《たびと》とその嫡子家持《ちゃくしやかもち》は、大伴《おおとも》氏の氏上《うじのかみ》（氏の統率者《とうそつしゃ》）でした。
けれども七世紀半ばの大化の改新以降、藤原氏が急速に勢いを増して、
大伴《おおとも》氏など旧氏族の勢力と、激しく対抗していたのです。
当時は、藤原不比等《ふじわらのふひと》の子の四兄弟が、権力の座を狙《ねら》っていました。
（藤原　武智麻呂《ふじわらのむちまろ》、房前《ふささき》、宇合《うまかい》、麻呂《まろ》）

大伴《おおともの》旅人《たびと》が筑紫《つくし》に赴任《ふにん》したのは
軍事の名門大伴氏《おおともし》を中央から遠ざけようという
藤原氏の策略であったといわれています。
筑紫《つくし》で、大伴《おおともの》旅人《たびと》は妻を亡くしました。
旅人《たびと》はその頃
「ひたすら心が崩《くず》れるほどの悲しみを抱《いだ》き、
ひとり断腸《だんちやう》の涙を流しています」
という言葉とともに、こんな歌を詠《よ》みました。

世間《よのなか》は
空《むな》しきものと
知る時し
いよよますます
悲しかりけり

世の中は
空《むな》しいものだと　知ってはいましたが
まさにそれを思い知る時には
いよいよますます
悲しいことでした

【巻第五　七九三】

大伴《おおともの》 旅人《たびと》が都から遠ざけられた翌年
左大臣《さだいじん》長屋王《ながやのおおきみ》が、謀反《むほん》を疑われ、自害させられました。
『長屋王《ながやのおおきみ》の変《へん》』です。
長屋王《ながやのおおきみ》は天武天皇の孫で、左大臣《さだいじん》という最高の官位にありました。
文芸を好む長屋王《ながやのおおきみ》の邸では、度々盛大な詩宴《しえん》が開かれ、
大伴《おおともの》 旅人《たびと》は、その詩宴に集《つど》う長屋王《ながやのおおきみ》派でした。
謀反《むほん》は無実でした。
皇親《こうしん》（天皇の親戚《しんせき》）であり、大きな権力を持つ長屋王《ながやのおおきみ》は、
藤原氏の勢力伸長に、目障《めざわ》りな存在だったのです。

やがて遥《はる》かな筑紫にも、長屋王《ながやのおおきみ》の自害の報《しら》せが届きました。
大伴《おおともの》 旅人《たびと》は筑紫の空を仰いで、その時、何を思ったでしょうか。
「梅花の宴」が開かれたのは、『長屋王《ながやのおおきみ》の変《へん》』の翌年の正月でした。

「心が崩《くず》れるほどの悲しみ」

山上憶良《やまのうえのおくら》や、沙弥満誓《さみまんぜい》は、
大伴旅人《おおとものたびと》の抱えるそんな心を
さりげなく思いやっていたのかもしれません。

新《あら》たしき　年の初めの　初春《はつはる》の　今日《けふ》降る雪の　いやしけ吉事《よごと》

この歌が詠《よ》まれる二年前の七五七年七月に
「橘奈良麻呂《たちばなのならまろ》の変《へん》」がありました。
皇親《こうしん》（天皇の親戚《しんせき》）橘諸兄《たちばなのもろえ》の嫡子《ちゃくし》である橘奈良麻呂《たちばなのならまろ》が、
藤原仲麻呂《ふじわらのなかまろ》を打倒しようとした政変です。
橘諸兄《たちばなのもろえ》は元葛城王《かつらぎ》で、左大臣《さだいじん》として最高の地位にありましたが
すでに政治の実権は、藤原仲麻呂《ふじわらのなかまろ》が握っていました。
そして、橘諸兄《たちばなのもろえ》は
七五六年に、酒席で不敬な言葉を口にしたと密告されて左大臣を辞任し、
七五七年一月六日、亡くなりました。

藤原仲麻呂《ふじわらのなかまろ》は、朝廷の最高権力者となりました。
父、橘諸兄《たちばなのもろえ》の死からわずか半年後
藤原仲麻呂《ふじわらのなかまろ》の専横《せんおう》に憤《いきどお》った橘奈良麻呂《たちばなのならまろ》は、
大伴《おおとも》氏や佐伯《さえき》氏と結んで、
藤原仲麻呂《ふじわらのなかまろ》を排斥《はいせき》しようとしたのです。
大伴家持《おおとものやかもち》は、橘諸兄《たちばなのもろえ》や橘奈良麻呂《たちばなのならまろ》と深い親交がありました。
おそらく橘奈良麻呂《たちばなのならまろ》は、大伴家持《おおとものやかもち》をこの計画に誘ったことでしょう。

でも、大伴家持《おおとものやかもち》は、事件に連座しませんでした。
橘奈良麻呂《たちばなのならまろ》の謀反《むほん》は、密告によって未然に発覚し、失敗しました。
藤原仲麻呂《ふじわらのなかまろ》の厳しい弾圧《だんあつ》で、四百四十三人が処刑されました。
大伴氏の長老、大伴胡麻呂《おおとものこまろ》は拷問で死に、大伴古慈悲《おおとものこしび》は流刑になりました。
大伴氏の有力者達が処刑され、大伴氏の勢力は弱まりました。
そして、大伴家持《おおとものやかもち》は、大切な親友、大伴池主《おおとものいけぬし》を失いました。

その十一年前、
家持《やかもち》が二十九歳で初めて、越中《えっちゅう》（富山県）の国守となった時のことです。
国守の館《たち》で開かれた着任の祝宴に、
当時、越中掾《えっちゅうのじょう》（三等官）だった大伴池主《おおとものいけぬし》は
黄色い小花が咲きこぼれる女郎花《おみなえし》の、大きな花束を持参しました。
女郎花《おみなえし》は、秋の七草です。
早速、大伴家持《おおとものやかもち》が歌を詠みました。

秋の田の
穂向《ほむ》き見がてり
我が背子《せこ》が
ふさ手折《たお》り来《け》る
をみなへしかも

秋の田の
稲穂《いなほ》の実り具合を見廻《みまわ》りながら
私の大事なあなたが
どっさり手折って来てくださった
おみなえしなのですね

【巻第十七　三九四三】

大伴《おおとものいけぬし》 池主は、こう返しました。

をみなへし　咲きたる野辺を
行《ゆ》き廻《めぐ》り
君を思ひ出《で》
た廻《もとほ》り来ぬ

おみなえしの咲いている野辺を
行き廻《めぐ》っていくうちに
あなたを思い出して
わざわざ廻《まわ》り道をして来てしまいました。

【巻第十七　三九四四】

二人とも、親しみを込めて、恋の歌のように歌っています。
若き新国守と掾《じょう》（三等官）の楽しい歌のやり取りに
一座の人々の心も一気に和《なご》み、明るくなったことでしょう。
都から着任したばかりの名門貴族、大伴《おおとものやかもち》 家持と、
越中《えっちゅう》の方言を話す、地元の役人達。
女郎花《おみなえし》の花束と、歌は
そんな障壁《しょうへき》を軽《かろ》やかに越えて、人々の心を繋《つな》ぎました。

万葉集には、家持《やかもち》と池主《いけぬし》の二十年にわたる歌の交流が、残されています。
大伴池主《おおとものいけぬし》は、『橘　奈良麻呂《たちばなのならまろ》の変』で投獄され、処刑されたようです。

大伴《おおとも》氏の多くの人々や、親友が巻き込まれていった
『橘　奈良麻呂《たちばなのならまろ》の変』の大渦巻から
大伴　家持《おおとものやかもち》は、一人、離れていました。
氏上《うじのかみ》として
旧《ふる》き名門大伴《おおとも》氏を率《ひき》い、
未来へと繋《つな》いでいく責務《せきむ》を負った大伴　家持《おおとものやかもち》には
親友や大伴《おおとも》氏一族の人々と
同じ道を行くことが、できなかったのではないでしょうか。
そしてこの時、大伴　家持《おおとものやかもち》の机には
十数巻に及ぶ未完の『万葉集』が、積み上げられていました。
傍《かたわ》らの手箱《てばこ》には、
長年かけて彼が集めた歌の数々が、眠っていました。

もし大伴《おおとものやかもち》家持がこれらを置いて、この時死んで行ったなら
『万葉集』は、今のような形で
世に出ることは、無かったでしょう。
『橘《たちばなのならまろ》奈良麻呂の変』の翌年、七五八年（天平宝字二年）六月
大伴家持は、因幡《いなば》国（鳥取県）の国守に左遷《させん》されました。

「新《あらた》しき　年の始めの　初春の　今日《けふ》降る雪の　いやしけ吉事《よごと》」
この歌が因幡《いなば》国庁で人々に披露《ひろう》された
七五九年（天平宝字三年）正月一日は
大伴《おおとものやかもち》家持が因幡《いなば》で迎えた　初めての新年でした。
大伴《おおとものやかもち》家持は、七八五年（延暦四年）、六十八歳で亡くなりました。
この日から死ぬまでの二十六年間、
彼の歌は、一首も伝わっていません。

七三〇年（天平二年）正月十三日、大宰府《だざいふ》「梅花の宴」で

大伴《おおともの》旅人《たびと》は、「心が崩《くず》れるほどの悲しみ」を抱えながらも
天上の雪のように美しい
梅の花の姿を歌い留《とど》めました。

七五九年（天平宝字三年）正月一日、因幡《いなば》国庁で
大伴《おおともの》家持《やかもち》は、大伴氏《おおともし》凋落《ちょうらく》の兆《きざ》しをひしひしと感じながらも
毅然《きぜん》として
「今日《けふ》降る雪の　いやしけ吉事《よごと》」
と歌いあげました。

こうして
『万葉集』の人々の
四千五百首の歌声は
十二世紀の西行《さいぎょう》と平安末期の人々の心に響き
二十一世紀の私達にまで、響き渡っているのです。

万葉幻想

万葉集は、奈良時代、八世紀後半に成立しましたが、その頃にはすでに、菟原娘子《うないおとめ》の話は、遠い伝説になっていました。

八世紀半ば頃の歌人、高橋《たかはしの》　虫麻呂《むしまろ》は、ある日
菟原娘子《うないおとめ》の墓を訪ねて、歌を作りました。

その日
高橋《たかはしの》　虫麻呂《むしまろ》が見た世界を、ちょっと覗《のぞ》いてみましょう。

葦屋《あしのや》の　菟原娘子《うなひをとめ》の
八年子《やとせこ》の　片生《かたお》ひの時ゆ
小放《をばな》りに

葦《あし》の屋《や》の　菟原娘子《うないおとめ》は、
八歳ぐらいの　まだ幼い時から、
振《ふ》り分《わ》け髪《がみ》を

髪たくまでに
並び居《を》る　家にも見えず
虚木綿《うつゆふ》の　隠《こも》りて居《を》れば
見てしかと
いぶせむ時の
垣ほなす
人の問《と》ふ時
茅渟壮士《ちぬをとこ》
菟原壮士《うなひをとこ》の
伏屋焚《ふせやた》き　すすし競《きほ》ひ
相《あひ》よばひ　しける時は
焼大刀《やきたち》の
手《た》かみ押《お》しねり
白真《しらま》弓《ゆみ》
靫《ゆき》取り負《お》ひて

たくし上げて束《たば》ねる年頃まで
隣近所の家の人にさえ姿を見せず、
家に隠《かく》れてこもっていたので、
なんとかして一目《ひとめ》見たいものだと
人々がもどかしがって評判になり
垣根《かきね》のように　大勢の人々が
妻問《つまど》いに訪れた時、
その中でも、茅渟壮士《ちぬおとこ》と
菟原壮士《うないおとこ》が、
「我こそは」と　競《きそ》い合って
互いに妻問《つまど》いに　来た時には
焼き鍛《きた》えた大刀《たち》の
柄《つか》を握《にぎ》りしめ、
白檀《しらまゆみ》の弓を取り、
靫《ゆき》を背負って、

水に入り
火にも入らむと
立ち向《むか》ひ
競《きほ》ひし時に
我妹子《わぎもこ》が
母に語らく
しつたまき
いやしき我がゆゑ
ますらをの
争《あらそ》ふ見れば
生《い》けりとも
逢ふべくあれや
ししくしろ
黄泉《よみ》に待たむと
隠《こも》り沼《ぬ》の

娘子《おとめ》のためなら、水の中、
火の中にも入ろうと
立ち向かい
競《きそ》い合った時に
そのかわいい娘子《おとめ》が
母に語るには
「こんなつまらない
私などのために
立派な男の方々が
争っていらっしゃるのを見ると
たとえ生きていたとしても
お逢いできるはずはありません。
いっそのこと、
黄泉《よみ》でお待ちしましょう」
と、心の底に

下延《したは》へ置きて
うち嘆き
妹が去《い》ぬれば
茅渟《ちぬ》壮士《をとこ》
その夜《よ》夢《いめ》に見
とり続《つつ》き
追ひ行きければ
後《おく》れたる
菟《う》原《なひ》壮士《をとこ》い
天《あめ》仰《あふ》ぎ
叫びおらび
地《つち》を踏《ふ》み
きかみたけびて
もころ男《を》に
負けてはあらじと

本心を秘めたまま、
嘆きながら
その娘が去ってしまうと
茅渟《ちぬ》壮士《おとこ》は、
その夜、夢に娘子《おとめ》の姿を見て、
すぐに娘子《おとめ》に続いて
追って行ったので、
後《おく》れをとった
菟《う》原《ない》壮士《おとこ》は
天を仰《あお》ぎ
大声でわめき、
地団駄《じだんだ》を踏《ふ》んで
歯ぎしりし、いきり立ち
あんな奴《やつ》に
負けてなるものかと

懸《か》け佩《は》きの
小大刀《をだち》取り佩《は》き
ところづら
尋《と》め行きければ
親族《うがら》どち
い行《ゆ》き集《つど》ひ
長き代《よ》に　標《しるし》にせむと
遠き代《よ》に　語り継《つ》がむと
娘子墓《をとめはか》
中《なか》に造《つく》り置き
壮士墓《をとこはか》
このもかのもに
造《つく》り置ける
故縁《ゆゑよし》聞きて
知らねども

懸《か》けて佩《は》く
小大刀を取り佩《は》き
やはりあの世へと
尋《たず》ね求めて行ってしまったので、
親族の人々は
行き集《つど》って
長き代《よ》に　標《しるし》（記念）にしようと
遠き代《よ》に　語り継《つ》ごうと
娘子《おとめ》の墓を
真《ま》ん中《なか》に造《つく》り置き
壮士《おとこ》の墓を
こちらの側とあちらの側に
造《つく》り置いた
その謂《い》われを聞いて　私にとっては
遠い昔の　知らない人々ではあるが

新喪《にひも》のごとも
哭《ね》泣きつるかも

今亡くなった　身内《みうち》の喪《も》のように
声を挙《あ》げて泣いてしまった

【巻第九・一八〇九】

葦屋《あしのや》の　菟原娘子《うなひをとめ》の
奥《おく》つ城《き》を
行き来《く》と見れば
哭《ね》のみし泣かゆ

葦屋《あしのや》の　菟原娘子《うないおとめ》の
お墓を
行《ゆ》き来《き》のたびに見ると
ただ声を挙《あ》げて泣くばかりだ

【巻第九・一八一〇】

墓の上《うへ》の
木《こ》の枝《え》　靡《なび》けり
聞きしごと
茅渟壮士《ちぬをとこ》にし
寄りにけらしも

墓の上の
木の枝が　そちらに靡《なび》いている
話に聞いたとおり
娘子《おとめ》は　茅渟壮士《ちぬおとこ》に
心を寄せていたらしい

【巻第九・一八一一】

今でも
兵庫《ひょうご》県《けん》神戸《こうべ》市《し》東灘区《ひがしなだく》に、
菟原娘子《うないおとめ》の墓、と言われる場所があります。
『処女塚古墳《おとめづかこふん》』です。
四世紀頃の前方後方墳《ぜんぽうこうほうふん》で、もとは全長七十メートルあったようです。
茅渟壮士《ちぬおとこ》の墓と、菟原壮士《うないおとこ》の墓もあります。
茅渟壮士《ちぬおとこ》の墓は、『東求塚古墳《ひがしもとめづかこふん》』。
菟原壮士《うないおとこ》の墓は、『西求塚古墳《にしもとめづかこふん》』。
『処女塚古墳《おとめづかこふん》』から、それぞれ東と西約二キロメートルの所にあります。
万葉《まんよう》の時代に
高橋 虫麻呂《たかはしのむしまろ》が訪れた、その日、
彼が目にした世界では、
真ん中に菟原娘子《うないおとめ》の墓、

こちら側とあちら側に
茅渟壮士《ちぬおとこ》と菟原壮士《うないおとこ》の墓が、並んでいました。

その時、
菟原娘子《うないおとめ》の墓の木の枝は
茅渟壮士《ちぬおとこ》の墓の方へと
古代の風に、靡《なび》いていました。

現在の古墳《こふん》は、
菟原娘子《うないおとめ》の木の枝が靡《なび》いていくには、少し遠い気がします。
それぞれの古墳《こふん》からは、壺型土器《つぼがたどき》、銅鏡《どうきょう》などが見つかっており、
この地方の豪族《ごうぞく》の墓だったのではないか、と推定《すいてい》されています。
菟原娘子《うないおとめ》の伝説は、後の時代にも語り継《つ》がれました。
十世紀頃に作られた『大和物語《やまとものがたり》』
謡曲《ようきょく》『求塚《もとめづか》』
森鷗外《もりおうがい》作『生田川《いくたがわ》』などです。
これらの三作品では、

舞台は生田川《いくたがわ》になっています。
万葉集には、
菟原娘子《うないおとめ》のほかにも
「妻争《つまあらそ》い伝説」の歌が、いくつかあります。
幾人かの男性が
一人の美しい娘子《おとめ》を自分の妻にしようとして争った、という伝説です。
葛飾《かつしか》の「真間《まま》の手児奈《てこな》」
耳成《みみなし》の「蘰児《かずらこ》」
「桜児《さくらこ》」などの歌です。
彼女たちはみんな、最後にみずから死を選びます。
「真間《まま》の手児奈《てこな》」と「蘰児《かずらこ》」は入水《じゅすい》し、
「桜児《さくらこ》」は林に入って樹に首を括《くく》り、この世を去りました。
「哀れな伝説の謎《なぞ》は、彼女たちが神に仕える女性であったからではないか
そう考える学者もいます。

（『万葉集の風土』桜井満　より）

けれど、あまりにも古い伝承です。
万葉集の歌人、田辺福麻呂《たなべのさきまろ》や大伴家持《おおとものやかもち》も、
菟原娘子《うないおとめ》の伝説を歌っていますが

あの日、
高橋虫麻呂《たかはしのむしまろ》が見た世界とは、
それぞれ、少しずつ、違います。
菟原娘子《うないおとめ》が、本当はどんな娘子《おとめ》だったか。
茅渟壮士《ちぬおとこ》と菟原壮士《うないおとこ》は、どのように争ったのか。

今では
知っている人は、
誰《だれ》もいません。

主な参考文献

『新版　万葉集　現代語訳付き一～四』伊藤博訳注（角川ソフィア文庫）
『万葉集「新編国歌大観」準拠版　上巻・下巻』伊藤博校注（角川文庫）
『新潮日本古典集成　萬葉集一～五』（新潮社）
『万葉集　全訳注原文付（一）～（四）』中西進（講談社文庫）
『万葉集事典　万葉集　全訳注原文付　別巻』中西進編（講談社文庫）
『ビギナーズ・クラシックス　万葉集』坂口由美子（角川ソフィア文庫）
『万葉集の風土』桜井満（講談社現代新書）
『万葉秀歌　上巻・下巻』斎藤茂吉（岩波新書）
『100分de名著　万葉集』佐々木幸綱（NHKテレビテキスト）
『古代史で楽しむ万葉集』中西進（角川ソフィア文庫）
『飛鳥むかしむかし　飛鳥誕生編・国つくり編』奈良文化財研究所編（朝日新聞出版）
『日本古代の歴史Ⅰ　倭国のなりたち』木下正史（吉川弘文館）
『シリーズ日本古代史②　ヤマト王権』吉村武彦（岩波新書）
『歴史新書　なぜ、地形と地理がわかると古代史がこんなに面白くなるのか』
千田稔（洋泉社）
『伊勢神宮』所功（講談社学術文庫）

『伊勢神宮を造った匠たち』浜島一成（吉川弘文館）
『沖ノ島　神坐す「海の正倉院」』藤原新也（小学館）
『日本書紀』（二）坂本太郎・家永三郎・井上光貞・大野晋　校注（岩波文庫）
『円空　微笑みの謎』長谷川公茂（新人物往来社）
『飛騨の匠』岐阜県博物館（協同印刷）
『西行全歌集』久保田淳・吉野朋美校注（岩波文庫）
『兵庫県の歴史散歩　上』兵庫県高等学校教育研究会歴史部会（山川出版社）
『大伴旅人・家持とその時代　大伴氏凋落の政治的考察』木本好信（桜楓社）
『日本の作家4　孤愁の人　大伴家持』小野寛（新典社）
『日本書記』（一）岩波文庫　巻第五　崇神天皇　王萎鎮石

あとがき

私は今、横浜の中華街の近くの日本語学校で日本語を教えています。数年前、「私は神主になりたいです。日本の神社が好きです」という中国の学生に出会いました。私の実家は、茨城県の七百年以上続く神社です。中国の若い人が、神社に興味を持っていると知って、私はとても驚きました。その後、日本語教師の先輩、吉峯京子先生に、能の発表会に誘っていただきました。そこで、「求塚《もとめづか》」の謡曲を聞きました。吉峯先生は優しく頼もしい先輩で、ずっと私を励ましてくださり、国書刊行会に紹介してくださいました。国書刊行会の田中聡一郎さんは、この物語を見出し、深く理解して、貴重な助言をくださいました。大勢の留学生が、応援してくれました。旅先から、下鴨神社・上賀茂神社の写メールを送ってくれた留学生。「玉響物語」を読んで、感想を聞かせてくれた留学生。昔の友達も、この物語の批評、助言を寄せてくれました。たくさんの人々が、この物語を支えてくれました。心から感謝しています。

自己紹介のかわりに、私の日本語教師の日常をご紹介いたします。日本語教師の大きな仕事は、留学生達の進路指導です。留学生達が日本の専門学校・大学・大学院に合格した報告は、とても嬉しいです。

別れの日
目指してやっている仕事
合格メールを見せる青年

その日には
わたしはいない
宇宙ロボット工学志望の学生

卒業式は、留学生にとっても教師にとっても感慨深い日です。次の詩は、今年の卒業アルバムに寄せた詩です。（私の担任クラスの卒業アルバム・リーダーの学生に「福田先生、詩を書きましょう。私が絵を描きます。桜か富士山の絵が、いいです」と、原稿依頼されて、作りました）

おめでとう

無数の桜の花びらが
風に乗って
薄紅色の雪のように
飛んでいきます

その桜の花びらのように
皆さん達は
今
新しい人生に向かって
旅立ちます

ご卒業、おめでとうございます

日本語と
日本語学校の楽しい思い出が
皆さんの今後の人生に
いつまでも
桜の花びらのように
美しく光っていますように

日本のいろいろな場所で
中国で
台湾で
ネパールで
ベトナムで
皆さんの祖国の
世界各地で……

それらが
銀河の星々のように
光り輝き
皆さん一人一人の
「生きる力」となりますように

私達　日本語学校の先生達は
心から願っています
お幸せに！

私の初めての本を読んでくださった方々、有難うございます。
どうぞお幸せに！

著者略歴
福田玲子（ふくだ・れいこ）
東京都生まれ。神奈川県在住。
東京女子大学文理学部日本文学科卒業。
アジア国際語学センター（神奈川県横浜市）
日本語非常勤講師。

玉響物語《たまゆらものがたり》　乙女《おとめ》のための万葉集《まんようしゅう》講義《こうぎ》

2019年10月15日　初版第一刷発行

著　者　福田　玲子
発行者　佐藤今朝夫

〒174-0056 東京都板橋区志村1-13-15
発行所　株式会社　国書刊行会
TEL.03(5970)7421(代表) FAX.03(5970)7427
URL:http://www.kokusho.co.jp

落丁本・乱丁本はお取替いたします。印刷・㈱エーヴィスシステムズ　製本・㈱ブックアート
ISBN978-4-336-06553-7